KB130413

나는 생각한다 고로 존재하지 않는다

나는 생각한다
고로 존재하지 않는다

저 자 김현문

저작권자 김현문

1판 1쇄 발행 2020년 9월 30일

발 행 처 하움출판사
발 행 인 문현광
교 정 김은성
편 집 조다영
주 소 서울특별시 강동구 올림픽로660, 천호엘크루 408호(서울지사)
I S B N 979-11-6440-691-3

홈페이지 http://haum.kr/
이 메 일 haum1000@naver.com

좋은 책을 만들겠습니다.
하움출판사는 독자 여러분의 의견에 항상 귀 기울이고 있습니다.

이 도서의 국립중앙도서관 출판예정도서목록(CIP)은 서지정보유통지원시스템 홈페이지(http://seoji.nl.go.kr)와
국가자료종합목록 구축시스템(http://kolis-net.nl.go.kr)에서 이용하실 수 있습니다.(CIP제어번호 : CIP2020038825)

· 값은 표지에 있습니다.
· 파본은 구입처에서 교환해 드립니다.

나는 생각한다 고로 존재하지 않는다

김현문 作

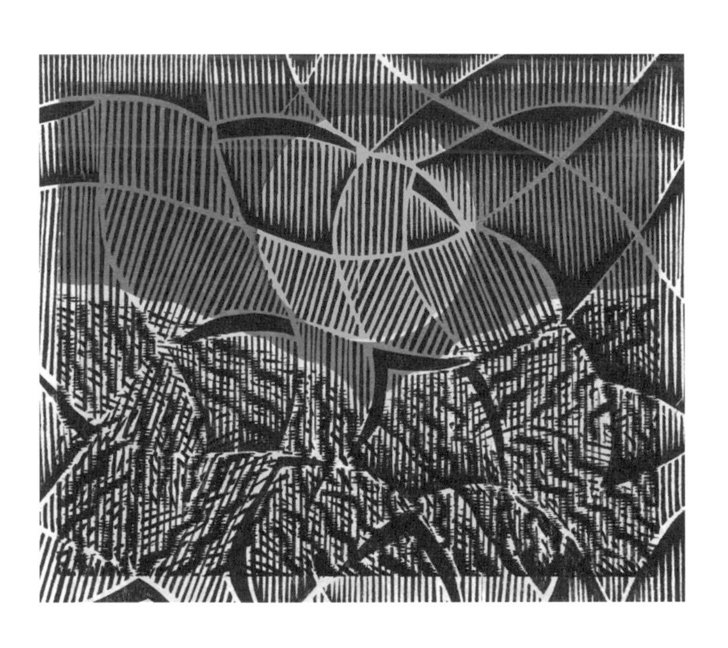

새벽 산천에 정화수처럼 부어지던 산사山寺의
시린 대종大鐘 소리가 벼랑에서 끌어올려 주던 시절이 있었다.

차례

나를 찾아서

새벽 산천에 정화수처럼 부어지던 산사山寺의 시린 대종大鐘 소리가 벼랑에서 끌어올려 주던 시절이 있었다.

설해목雪害木. 위태롭게 매달렸던 벼랑과 종소리에 대해 말하려면 먼저 설해목에 대해서 이야기해야 한다. 그에 앞서 바람 소리와 정적에 대해서 말해야 하겠지.

몇 년을 줄곧 선방에서 정진에 몰두했건만 화두話頭는 커녕 화미話尾의 자락조차 건드리지 못해 마침내 초조해지기 시작했다. 급격히 도道에 대한 회의가 밀려왔고 그 회의의 틈바구니를 세차게 비집고 세간에 버려두고 온 것들에 대한 무책임이 가슴을 할퀴어대기 시작했다. 오직 달아나는 길밖에 없었다. 잠시 화두를 버려두고라도 흔들림에서 벗어나기 위해 안간힘을 쓸 수밖에 없었다. 며칠을 불면으로 지새운 끝에 찾아낸 길은 결국 두 가지. 속세로 퇴보하는 길과 더욱 매정한 수행처를 찾아 한층 더 깊은 산 속으로 나아가는 길.

결국 토굴행을 택했다. 눈먼 수좌들이 간간이 죽어 나온다는, 선원 뒷산의 정상 바로 밑에 숨겨진 암혈의 선처禪處. 이름하여 월봉月俸 토굴. 달빛을 정면으로 맞받는 달바위를 천장 삼고 한 줌 육신이나 눕힐 수 있는 터를 닦아놓은 곳. 오직 화두에 골몰해야만 견뎌낼 수 있는 작은 선방이었다.

그곳에서는 무엇보다도 뼈에 사무치던 바람 소리.

바람 소리에 뼈를 베이지 않기 위해서는 황급히 화두를 드는 수밖에 없었다.

이 뭐고! 내 몸뚱이를 끌고 다니며 굶으면 배고픔을 느끼고 졸리면 졸림을 느끼는 이놈은 도대체 무엇인가? 하루에도 몇 번씩 세간에 버려두고 온 부모 형제며 친구, 연인들을 그리워하고 눈물지으며, 돌아서서 달을 보면 다시 달에 감탄하는 이놈은 도대체 무엇인고?

아, 노예처럼, 시체처럼 살아가지 않기 위해서는 기어코 풀어내야만 한다. 이 뭐고! 이 뭐엇고!

그러나 바람은 늘 기척도 없이 몰려와 있곤 했다. 혼신의 집중을 벼리어 화두의 벽을 끊임없이 두들겼건만 화두는 너무나 견고한 벽이었고, 집중의 날이 무디어지면 어김없이 졸음이 한꺼번에 쏟아지곤 했다. 그 짧은 졸음 속으로도 끊긴 꿈 토막들이 새어 들어왔다. 토막 꿈속에는 버려두고 떠나온 속세의 현실들이 아직은 삭혀지지 않은 채 생경하게 남아 있었다. 오직 열병뿐이었던 사랑이며, 거품처럼 부풀었던 희망이며, 무자비하게 짓누르던 일, 일, 일들이며…….

소스라치게 놀라며 머리를 흔들어 남아 있던 속세의 꿈 조각들을 털어내고 나면 기다렸다는 듯 한꺼번에 바람 소리가 달려들었다. 다시 그 바람 소리가 일깨워 주던 정적. 가슴을 쓸어내리며 손을 뻗어 장지문을 밀면 토굴의 뜨락엔 눈이 내리고 있었다. 화두의 집중에 지쳐 있을 때 화두를 피해서 무언가 해야 할 일이 생긴다는 것은 얼마나 반가운 일이었던가. 그때마다 지체 없이 뜨락으로 나가 토굴 벽에서 싸리비를 뗀 뒤 뜨락에서부터 큰 절로 이어지는 소로를 말끔히 쓸어내곤 했다. 그리고 토굴로 돌아오면 눈발에 섞여 희미하게 쏟아져 내리던 달빛. 그때부터 다시 두 평 남짓한 선방에 호롱불을 밝히고 화두에 집중하기 시작한다.

여구두연如求頭燃.

화두 공부는 모름지기 머리에 붙은 불을 끄듯이 하라.

토굴의 한쪽 벽에 붙여놓은 선가의 구절을 다시 한번 더 가슴에 새긴 뒤 맹렬히 화두를 의심하기 시작한다.

노사는 말했었다.

생사를 뛰어넘는 이 공부는 모름지기 세 가지 마음이 하나로 단단히 뭉쳐져야 이루어낼 수 있나니….

그 첫째가 대발심이요,

그 둘째가 대의심이요,

그 셋째가 대분심이다.

명심하고 명심하되

대발심이란 세간살이에 속아 헐떡이느라 잃어버린 자신의 본질, 즉 영원히 낳지도 죽지도 않는 대자유의 내 마음자리를 기어코 찾으리라는 크고 간절한 마음을 내는 것이요.

대의심이란 화두를 풀기 위해 단 한 순간도 흐트러짐 없이 간절히 화두를 의심하고 의심해가는 것이며,

대분심이란 눈먼 거북이가 바다를 헤매다가 통나무를 만난 격이오, 겨자씨가 바늘 끝에 꽂히는 것만큼 어렵다는 사람 몸을 받고 태어나 나는 왜 지금껏 부질없는 일에 속아 생을 낭비하며 살아왔는지, 억울하고 분한 마음에 치를 떠는 것이다.

모름지기 통쾌히 화두를 뚫어내기 위해서는 이 세 가지 마음을 차돌보다 단단하고 도끼날보다 더 날카로이 하나로 벼리어내야 하나니, 이 세 가지 마음 중에서 하나라도 흐트러지면 뚫어낼 수 없는 벽이 되고 만다. 또한 너는 영원히 부처하고는 거리가 멀어지고 마나니,

알겠느냐?

그러나 화두에 대한 집중은 밤이 깊어 갈수록 조금씩 느슨해져 가기 시작하고, 화두를 놓칠 때마다 한꺼번에 달려들어 정적을 물어뜯곤 하던 바람 소리들. 마침내 벌컥 장지문을 열어젖히면 내비치는 호롱불의 불빛 쪽으로만 한사코 몰려들던 손바닥만 한 송이 눈들. 은하수와 함께 뜨락에 쏟아져 내리던 달빛.

마침내 속세로 뛰어나가려는 마음과 화두에 집중해서 우주의 비밀을 풀어내려는 두 개의 마음이 사투를 벌이기 시작한다.

부모에게서 태어나기 전의 내 본래 면목은 무엇일까? 무엇일까? 이놈만 알아내면 모든 우주의 비밀이 한꺼번에 풀린다는데. 이 뭐고. 이 뭐엇고!

나는 무엇 때문에 실체조차 없는 도道라는 것을 이루어 보겠다고 이렇듯 낯선 곳에 버려져 있단 말인가. 아아, 이 시간 내가 무책임 속에 버려두고 온 부모 형제며 친구, 연인들은 나를 얼마나 간절히 기다리고 있을 것인가. 날이 새는 대로 따뜻하고 안온해서 결코 외롭지 않은 세간의 집으로 돌아가 버리리라. 이 헛된 비실체의 세계를 벗어나 만지면 손끝에 끈적하게 느껴지는 실체의 속세로 돌아

가 버리리라.

두 마음의 사투가 절정에 이를 즈음이면 어느새 장지문에 새벽이 부어져 있었다. 그때쯤이면 어김없이 뼛속까지 뒤흔들며 넘어가곤 하던 설해목의 비명. 소나무며 잣나무며 겨울에도 잎을 지우지 못한 상록수들이 자신의 잎새에 며칠이고 내려앉은 눈발의 무게를 이겨내지 못하고 가지를 찢으며 마침내 산천을 뒤흔들며 쓰러져가는 것이었다.

설해목의 비명이 산천을 뒤흔들 즈음이면 사투의 승부는 팔 할이 굳어 버린다. 몸은 이미 세간의 뜨뜻하고 비릿한 아랫목에 꿈처럼 녹아들어 있고 손목은 까칠한 누더기의 소맷귀를 들어 눈가의 눈물을 훔치고 있는 것이었다. 아아, 그러나 소맷귀에 눈가가 아릴 즈음이면 산천에 정화수처럼, 구원처럼 부어지던 큰 절의 새벽 대종 소리. 설해목의 비명이며 토막 난 꿈들이며 속세의 뜨뜻한 아랫목까지를 일시에 깨우며, 씻어내며 쏟아져 내리던 산사의 시린 새벽 대종소리. 그 소리에 벽에 걸어둔 가사를 떼어 들고 분연히 다시 큰 절로 출가를 하곤 했다.

설해목의 비명뿐. 바람 소리뿐.

방법이 없었다. 오직 화두를 풀어내는 길밖에 없었다. 부모에게서 태어나기 전 나는 무엇인가? 도대체 무엇이란 말인가? 이 뭐고! 잠이 들어 있을 때도 나는 분명 살아 있다. 스스로 인식하지 못할 뿐 분명 나는 살아 있다. 잠 속에서도 숨을 쉬고 꿈을 꾸고 잠꼬대까지 하지 않는가. 잠이 들어 있을 때도 분명 살아 있는 나의 실체는 무엇이란 말인가? 잠이 들 때 그것은 또 어디로 가 버린단 말인가?

그렇다. 잠이 들었을 때는 어디론가 사라져 버렸다가 깨어나면 다시 되돌아오는 나의 실체. 그놈은 내가 기억하지 못하고 있을 뿐, 분명 내가 부모에게서 태어나기 전에도 존재했던 놈이며 내가 죽은 뒤에는 또 어디론가 흘러갈 것이다. 이놈을 찾아내지 못하는 한 나는 영원히 노예처럼 살아갈 것이다. 새나 허수아비일 것이다. 내가 온갖 미망에 속지 않고, 세상 잡사에 노예처럼 끌려다니지 않고, 대장부로 떳떳하게 살아갈 수 있는 길은 오직 나의 실체를 찾아내는 길이 있을 뿐. 배가 고프면 배고픔을 느끼고 밥을 먹으면 밥의 맛을 느끼는 이놈은 무엇인가? 만약 혀가 밥맛을 느낀다면 사람이 죽어서 송장이 되어 있을 때, 그 혀는 왜 맛을 느끼지 못하는가? 평소와 다름없는 그 모습 그대로이지만 왜 말을 하지 못하는가? 아, 이놈을 기어코 찾아내어 한달음에 고향산천으로 내달려 버려야 한다. 오직. 이 뭐고!

이 뭐고…….

……

……

혼신의 힘을 모아 안간힘으로 나아가다가 마침내 더 나아갈 수 없는 곳에서 길을 잃었다.

설해목 소리도 바람 소리도 지워져 버렸다.

생각과 외부에 대한 지각이 지워지자 모든 인식이 지워져 버렸다.

더 나아갈 수 없는 길.

간간이 눈을 떠보면 어느 때는 밝았고, 어느 때는 어두웠다.

……

……

……

일어나서 밖으로 나가보아야 된다고 막연히 생각했던 것은 토굴 밖의 길 때문이었다. 어림잡아 너덧 번의 빛과 어둠이 교차되었으니 그동안 쓸어내지 못한 눈발이 큰 절로 내려가는 길을 덮어 버렸으리라. 길을 쓸어 주어야 한다는 생각이 간간이 들었으나 모든 것이 사라져 버렸으니 몸을 빼칠 수가 없었다.

무슨 상관이란 말인가…….

길 없는 길.

몇 번의 빛과 어둠이 내쳐 바뀌었다.

……

……

○

얼마나 지났을까?

마침내 일어나야 된다고 생각했다. 조심스럽게 눈을 뜬 뒤 맨 먼저 손가락을 하나씩 움직여 보았다. 손가락은 모두 살아 있었다. 허리와 목 쪽으로 의식을 옮기자, 허리와 목에도 온기가 느껴지며 의식이 되살아났다. 미세하게 허리를 흔들어본 뒤, 일어서기 위해 조심스럽게 손을 바닥에 짚고 다리에 힘을 주어 보았다. 아, 다리가 움직여지지 않았다. 오랫동안 불을 때지 않은 토굴의 차가운 바닥에

다리가 얼어붙어 마비되어 버린 것이었다. 오랫동안 다리를 주물러 보았으나 다리의 감각은 되살아나지 않았다. 팔과 어깨에 의지한 채 안간힘으로 기어서 겨우 토굴의 바깥문에 닿았다. 어깨로 밀어 토굴의 문을 젖히자, 오히려 안보다 따뜻한 바깥의 온기가 안으로 훈훈하게 밀려들어 왔다. 쌓여 있을 줄 알았던 눈은 온데간데없고 난데없이 비가 내리고 있었다.

봄비.

휘늘어지는 봄비가 날아 들어와 이마에 부딪는 순간, 얼어붙었던 다리의 온기가 되살아나며 소변이 한꺼번에 아랫도리를 흥건히 적셔 버리는 것이었다. 순간 하체 쪽에서부터 상체 쪽으로 확실하게 전이되어 오는 실체를 인식하고 말았다. 육체와 영혼이 깃들어 사는 근본 자리를 또렷이 들여다보고 말았다.

아, 내 안에 내가 살고 있었구나. 억울하고 억울하도다, 내 안에 나를 두고 무량세월 헤매다니.

그 순간, 내 안의 실체와 우주의 실체가 하나의 커다란 파장을 형성하며 빈틈없이 맞붙어 버리는 것을 보았다.

나도 사라지고 천지도 사라져 버렸다. 나와 천지가 함께 무너져 버렸다. 결코 둘이 아니었고 둘은 아무 데도 없었다.

저절로 탄식처럼 이런 외침이 터져 나오고 말았다.

아, 천지가 길이었고, 길은 결코 아무 데도 없었구나!

소로 쪽에서 낯익은 도반 하나가 소리 지르며 헐레벌떡 뛰어 올라오고 있었다.

"수좌! 수좌! 살아 있나 수좌?"

나는 누구인가?

지地·수水·화火·풍風으로 이루어진 이 몸뚱이는 내가 아니다. 몸뚱이가 만들어내는 시각, 청각, 후각, 미각, 촉각, 그리고 생각도 내가 아니다. 먹고, 배설하고, 호흡하고, 움직이고, 말하는 이 운동기관도 내가 아니다. 나를 움직이게 하는 기氣도 내가 아니다. 사랑하고, 미워하고, 생각하는 이 마음도 내가 아니다.

나는 누구인가?

원숭이 똥구멍은 빨개.
빨간 것은 사과.
사과는 맛있어.
맛있는 건 바나나.
바나나는 길어.
긴 것은 기차.
기차는 빨라.
빠른 것은 비행기.
비행기는 높아.
높은 것은 백두산.
동해 물과 백두산이 마르고 닳도록…….

순식간에 원숭이 똥구멍이 백두산이 되었다. 모두들 이렇게 살아가고 있다. 깨어 있지 않은 이상, 순식간에 이렇게 되고 마는 것이다. 백두산이 마르고 닳도록 그렇게 살아가는 것이다. 억울하지 않은가?

육체란 지地·수水·화火·풍風이 인연 따라 결집되어 이루어진 한낱 물질일 뿐이다. 보고, 듣고, 냄새 맡고, 맛보고, 느끼고, 생각하는 이 여섯 가지 작용은 바로 실체가 공空한 몸뚱이에서 비롯되는 것이고 현상계는 바로 이 여섯 가지 도둑들이 서로 부딪치고 구겨지며 이루어진 것이다.

육체는 내가 아니다. 보고, 듣고, 냄새 맡고, 맛보고, 지각知覺하는 다섯 가지 감각기관은 내가 아니다. 말하고, 움직이고, 붙잡고, 배설하고, 생식하는 다섯 가지 운동기관도 내가 아니다. 생각하는 마음도 내가 아니다. 내면에 잠재되어 있는 잠재의식, 무의식도 내가 아니다. 나는 무엇인가?

이 모든 것을 부정하고 말끔히 지워 버리고 나면 이것들을 지켜보고 있는 넓고 또렷한 깨어 있는 의식만이 남는다. 이른바 각성覺性. 이것이 바로 나다. 우리는 이것을 자성自性이라고 부르기도 하고, 진아眞我라고 부르기도 하고, 성품性品이라고 부르기도 하며 주인공이라고 부르기도 한다. 같은 말이다.

성품은 어디에서 오는가? 어디로 가는가?

삼매三昧를 아는 자에게는 쉬운 문제다. 삼매란 대우주와 파장을 맞추는 일. 나는 전체의 마음에서 왔고 전체의 마음이란 바로 우주의 마음이다. 하느님이 바로 우주의 마음이다. 나의 성품은 우주의 마음에서 비롯되었다. 자신의 본질을 깨닫는다면 그 즉시 자신이 하느님의 아들임을 알 수 있다는 예수의 말은 진실이다. 두두물물이 화두이고 부처 아닌 것은 아무것도 없다는 부처의 말은 진실이다.

조물주가 모든 것을 만들었다면 그 조물주는 누가 만들었냐고 묻는다면? 어리석은 질문이라고? 누설치 못할 천기라고?

쉬운 문제다. 조물주는 모든 것을 만들었고, 그 모든 것이 조물주를 만들었다. 전체에서 개체가 왔고, 개체가 전체를 이루는 것이다. 닭과 달걀의 문제라고? 쯧쯧, 닭과 달걀이 본시 둘이더냐?

토굴의 뜨락에 나가 북쪽 하늘을 올려다본다. 북두칠성을 포함한 큰곰자리가 맨 먼저 눈에 들어오고 북두칠성의 머리 부분에 해당하는 지극성을 연결시켜 나가면 북극성이 나온다. 북극성과 함께 북극성을 포함한 작은곰자리도 꼬리연처럼 떠 있고 더 나아가보면 카시오페이아가 알파벳의 'W'처럼 배열돼 있다. 북극성을 중심으로 북두칠성과 카시오페이아는 밤새 일주운동을 하고 일 년 내내 연주운동을 하는 것이다. 하지만 우주의 정수리처럼 보이는 북극성도 정북극은 아니다. 정북에서 1도 정도 벗어나 있다. 북극성조차도 미세하게 일주운동을 하며 연주운동을 하는 것이다. 북극성이 일주운동을 하면서 그리는 원의 크기는 보름달을 네 개 합쳐놓은 크기. 우주는 정원正圓을 향해 세차운동을 하고 있으니 점차 완성에 가까워지겠지. 팽이도 가속이 붙어 똑바로 일어서기까지는 조금씩 좌우로 흔들리며 돌지 않는가. 우주는 똑바로 일어서기 위해 안간힘을 쓰고 있는 중인 것이다. 똑바로 일어서기 위한 안간힘. 불완전을 메우

려는 진화의 욕구는 상대성을 탄생시켰고, 진화의 뒤쪽에는 언제나 욕망의 찌꺼기가 매연처럼 흩뿌려지고 있다. 그리하여 지구에서는 정화, 순화, 승화의 작업이 하나로 통합돼 진행되고 있다. 우주의 정화와 진화의 수행. 그렇다면 하늘은 완벽하지 아니한가. 비로소 수행자들의 대속代贖사상과 홍익이념이 이해가 가는가? 지나치게 우주적인가? 그대는 우주에 살면서 왜 우주인이 아니라고 생각하는가?

방으로 들어와서 거울 앞에 섰다. 아무것도 가지고 갈 것은 없다. 수행하는 사람의 짐은 바랑 하나 정도가 적당하다지만 바랑 하나의 짐조차도 힘겹다. 바랑 하나만큼의 무게에는 또 얼마나 많은 욕망이 깃들어있을 것이며 그 인과를 지우기 위해 얼마나 많은 수행이 따라야 할 것인가. 우주에 존재하는 삼라만상, 유정들도 무정들도 주인 없는 것은 아무것도 없고, 살아있지 않은 것 역시 하나도 없다. 살인죄와 마찬가지로 살물죄 또한 생명을 거스르는 일. 전 우주에 원인 없이 일어나는 것은 티끌 하나 없고 반드시 인과는 있다. 그래서 수행의 도구로 이끌고 다니는 몸뚱이조차도 본래의 빛인 생명자리에는 무거운 것이다.

거울 앞에 앉아 뒤쪽으로 묶어 놓은 머리칼을 풀어헤친 뒤 가위로 잘라낸다. 어느 정도 알맞게 다듬어지자 이번에는 가위로 단정히 베어낸다. 이젠 저잣거리에 적합한 모습인가? 다시 준비해놓은 시중의 옷으로 갈아입은 뒤 머리 위에 등산용 모자도 뒤집어쓴다. 한 방울의 물처럼, 섞이어 흐르며 견디는 일. 그리하여 이제부터 천신만고 끝에 깨달은 본래의 자리로 되돌아가기 위해 힘껏 나를 닦아 나가야만 한다. 자, 이제부터 시작이다. 토굴을 내려와 새벽을 거스르며 천천히 일주문을 빠져나오기 시작했다.

*

세월 속에 풍화되지 않는
도道의 영원한 대자유

오랫동안 중풍을 앓아 전신이 마비된 사람이 있었다. 그는 다른 사람의 도움 없이는 밥숟갈도 제대로 들어 올리지 못하는 환자였다. 그러던 어느 날 집에 불이 났다. 다른 사람은 모두 빠져나갔지만 그는 빠져나갈 수 없었다. 불길이 점점 거세져 극도로 다급한 상황이 되자 그는 문득 자신이 환자라는 것을 잊었다. 그리고는 쏜살같이 집 밖으로 뛰쳐나왔다. 그 모습을 보며 사람들은 기겁하며 소리를 지르고 말았다.

"세상에 중풍 환자가 저렇게 달려 나올 수가 있다니!"

그 소리를 듣는 순간 그는 환자라는 기억이 되살아나 그 자리에 쓰러져 버리고 말았다. 도처에서 벌어지고 있는 일.

일본에서는 이런 일이 있었다. 14층의 아파트에 사는 여인이 세 살짜리 아이가 잠든 사이 잠깐 시장을 보러 나왔다. 서둘러 볼 일을 마친 뒤 아파트 광장에 들어서던 그는 비명을 지르고 말았다. 어느새 잠에서 깨어난 아이가 베란다 난간을 기어올라 14층에서 아래로 떨어져 내리는 것이었다. 순간적으로 그녀는 십여 미터나 되는 거리를 쏜살같이 달려 나가 아이를 사뿐히 안아 들었다. 평범한 여인으로 되돌아온 그녀가 인터뷰에서 어리둥절한 표정으로 하는 말.

"내가 그런 일을 해냈다는 것이 믿어지지 않아요. 어떻게 그런 일이 가능하죠?"

방송사에서 조사한 결과에 의하면 그 높이에서 추락하는 무게와 거리를 계산해볼 때 그런 일은 인간의 능력으로는 도저히 불가능하다는 것. 순간적인 의식의 기어 변속이 빚어낸 인간의 무한한 능력.

어떤 심리학자가 닭을 상대로 이런 실험을 했다. 시늉만으로 닭의 발목을 기둥에 매어 놓고 그 닭이 보는 앞에 굵게 흰 선을 그어놓았다. 그랬더니 놀랍게도 그 닭은 아무 곳에도 묶여 있지 않건만 자신 앞에 그어진 그 선을 넘어서지 못하는 것이었다. 아예 웅크린 채 그 선 안에 영원히 갇혀 버리는 것이었다. 우리는 지금 모두 어떤 의식에 갇혀 있는가?

선승들은 독특한 해프닝을 통해 갇혀있는 그 자리를 명백히 보여주고 있다. 대자유인으로 살아가라며, 현대인의 우둔함을 후려치는 선승禪僧들의 따끔한 죽비.

*

고목이 찬 바위에 기대니

어느 고을에 눈 밝은 노파가 있었다. 노파는 집 뒤에 암자를 짓고 열심히 수행하는 한 스님을 모셔다가 이십 년 동안 정성껏 시봉을 하였다. 노파는 어느 날 스님의 공부가 어느 경지에 이르렀는지 시험해보기 위해 자신의 어여쁜 딸에게 귓속말로 일러 주었다.

딸은 시키는 대로 스님의 방문을 열고 들어가서 좌선하고 있던 스님의 무릎 위에 달랑 올라앉았다. 그리고는 노파가 일러 준 대로 스님의 귀에 대고 이렇게 물었다.

"스님 지금의 이 경계가 어떻습니까?"

그 스님은 미동도 하지 않은 채 이렇게 대답했다.

'고목의한암古木依寒岩 삼동무난기三冬無暖氣'

(고목이 찬 바위에 의지를 하니 삼동에 온기가 없네.)

딸은 스님의 수행력에 새삼 감탄을 하며 공손히 절을 하고 물러나와 어머니에게 사실대로 말하였다. 그 소리를 들은 노파는 대번에 노발대발하며

"이십 년 동안 그런 날도둑놈한테 속아 시봉을 하였구나."

당장 그 스님을 내쫓고는 암자를 불태워 버렸다.

유명한 파자소암婆子燒庵이라는 선화.

왜 노파는 그렇게 노발대발하며 열심히 공부하던 스님을 내쫓아 버리고 암자를 불태워 버렸을까? 어떻게 해야 그 스님은 암자에서 쫓겨나지 않을 수 있었을까?

예나 지금이나 눈 밝은 노파는 마을에 항상 숨어있는 법이다. 역대 종정을 지내셨고 엄격하기가 추상같았던 한 조실 스님이 이끌던

선원에서 있었던 유명한 일화 하나.

마을에 있는 노파가 정진 중인 수좌들에게 간간이 술이며 고기를 대접한다는 소문이 조실 스님의 귀에까지 들려왔다. 그런대로 묵과하고 지내던 어느 날, 노파에게 점심을 얻어먹고 얼굴에 주기酒氣까지 불콰한 수좌 두 명이 조실 스님과 산문 앞에서 딱 마주쳐 버린 사건이 발생하고 말았다. 면전에서 목격되어 버린 이상, 더 이상은 묵과할 수 없는 일. 당장 호통을 쳐서 요절을 내버릴 듯이 조실 스님은 마을의 노파를 불러들였다. 노파는 조실채에 불려오면서도 그 사실을 아는지 모르는지 평소 하던 대로 그저 삼배를 올리고 흔연스럽게 안부를 묻는 것이었다. 노파의 태연자약한 태도를 보며 조실 스님은 일부러 목청부터 높였다.

"보살은 도대체 무슨 심보로 공부하는 수좌들에게 술 멕이고, 고기 멕이고 하는 게야? 수좌들 공부 방해하는 그 과보를 어찌 받으려고 하는 수작이야!"

그때 노파가 슬며시 고개를 들더니 나지막하게 한마디 했다.

"스님이나 잘 하소!"

그 한마디에 그 사건은 봄바람에 눈 녹듯 간단히 종결되고 말았다. 조실 스님과 노파 사이에 무슨 거량이 이루어졌길래 사건이 이리도 간단히 종결되어 버리고 만 것일까? 궁금하고 궁금하지 아니한가?

눈 밝은 이는 결코 속일 수 없는 법.

근세의 걸출한 선승 만공 스님과 그가 아꼈던 법제자 보월과의 사이에서도 이와 비슷한 선화가 전해온다.

어느 날 두 사람이 뜨락을 거닐다가 만공 스님이 보월의 공부를 가늠해 보기 위해 슬쩍 한마디 던졌다.

“저 하늘을 나는 새는 모두 내 눈에서 날아가는구나.”

보월이 그 말을 받았다.

“제가 보기엔 모두 제 눈 속으로 돌아오는데요?”

만공 스님이 보월의 그 말을 인정했다.

“허허, 역시 아는 놈은 속일 수 없구나.”

선禪 세계의 이토록 간결하고 명백함. 아는 자 앞에서는 누구라도 그저 승복할 수밖에 없는 것.

근세의 대선맥 금오 스님은 이런 일화를 남기고 있다. 금오 스님이 길을 가고 있을 때였다.

“대사! 여보시오! 대사! 같이 갑시다.”

헐레벌떡 뒤따라오며 한 사내가 말을 걸어왔다. 그 사내는 자신을 목사라고 소개한 뒤 이런 질문을 했다.

“대사는 이 우주가 벌어진 지가 얼마나 되었다고 생각하시오?”

금오 스님이 퉁명스레 대꾸했다.

“그대부터 먼저 말해 보시게.”

“아, 나는 이 우주가 벌어진 지 38년이 되었다고 생각하오만… 대사의 고견이 듣고 싶소.”

금오 스님은 대화를 간단히 종결지었다.

“댁의 나이가 38세인 모양인데, 우주가 벌어진 때를 내가 정확하게 말하면 아마 댁의 머리가 터져 버릴 것이니 못 할 노릇이고 대신 그와 비슷하게만 말해 주겠소. 그대와 내가 우주에 대해 논한 지가 오 분 정도 되었으니 나는 우주가 벌어진 지 오 분이 되었다고 말해 주겠소. 이제 되었소?"

중을 무시하며 은근히 뽐내보려 했던 그 목사는 금오 스님의 안목에 질려서 그만 꽁지가 빠져라 내빼 버렸다.

눈 밝은 이 앞에서는 헛수작이나 너스레가 통하지 않는 법.

조실 스님의 심중을 환히 들여다보고 있던 노파의 안목이나 그 안목을 그대로 인정해준 조실 스님의 인가는 도道판 위에서만 볼 수 있는 아름답고 담백한 거량이다. 서로의 역할을 서로에게 확인시켜 줌으로써 이른바 이심전심이 되었던 것.

선가禪家에는 이런 말이 내려온다.

"계를 파한 비구가 극락에 들고 계를 지킨 비구가 지옥에 드네."

계를 철저히 지키는 청정한 비구가 있었다. 이 비구가 영양이 부실해서 몸에 병이 났다. 이 비구는 부랴부랴 값비싼 산삼을 한 뿌리 구해 먹고 병이 나았다. 또 열심히 수행하는 한 비구가 있었다. 이 비구는 몸에 병이 나자 시중에 나가 값싼 고깃국 한 그릇을 구해다 먹었다. 그렇게 해서 병이 나았다. 누가 계를 잘 지키는 비구인가?

계戒란 고기를 잡기 위한 그물과 같은 것. 그물을 위한 그물이란 얼마나 커다란 어리석음인가.

안거 한철을 오롯이 정진만으로 일관하기란 쉬운 일이 아니다. 그래서 선가에서는 공부하는 마음가짐을 거문고의 현絃 고르는 일에 곧장 비유한다.

'거문고의 현이란 너무 느슨해도 소리가 안 나고 너무 팽팽해도 끊어져서 소리를 잃는 법.'

그 때문에 선방에서는 규율과 분위기를 이끌어가는 중요한 두 소임으로 열중과 청중을 두고 있다. 열중 스님이 수좌들을 불같이 독려하고 엄격히 다스리는 반면 청중 스님은 지나치게 달아오른 열기를 적당히 식혀 주고 아픈 곳을 적절히 어루만져 주는 역할을 하는 것이다. 열중과 청중의 역할이 적절히 균형을 이뤘을 때가 정진력이 가장 심화된 때일 것은 말할 나위 없는 일. 예나 지금이나 법력 높은 조실이 이끄는 선원 부근에는 꼭 청중의 역할을 해주는 눈 밝은 노파가 있기 마련이다.

인도의 어느 마을, 굴속에서 한 수행자가 백 년 동안이나 선정에 잠겨 있다가 발견되어 화제가 된 적이 있었다. 그 수행자는 마을 사람들에게 생불로 추앙받다가 그 후 마을의 어느 젊은 여인과 결혼하여 속되게 살다가 결국 속되게 죽었다. 그렇다면 그는 백 년 동안이나 굴속에서 무엇을 하였는가?

애통하게도 그는 백 년 동안이나 선정에 잠겨 있었던 것이 아니고 무기無記의 상태에 빠져 있있던 것이다. 그는 도를 닦은 것이 아니고 그저 멍하게 시간만 잡아먹은 산송장이었던 것이다. 이른바 무기공無記空. 깨어나면 다시 번뇌 망상에 휩싸이고, 염치없는 세월 도둑이었던 것이다.

무릇 선정禪定이란 적적하여서만도 안 되고, 성성하여서만도 안

되고, 오직 성성적적이 활발하게 살아서 뒤섞여야 하는 법.

그렇다면 이십 년간이나 정성껏 시봉을 하던 스님을 내쫓고 암자까지 태워 버린 노파는 도대체 왜 그랬을까? 어떻게 했어야 그 중은 암자에서 쫓겨나지 않을 수 있었을까?

지금 제방의 선원에서는 이런 것도 '고목선古木禪 화두'라 하여 참구하는 학인들이 있는 모양이지만 화두를 누설한 죄로 백 리나 되는 밭을 세 치 혀로 갈아엎는 과보를 받을지라도 이것만은 한 번 발설해볼까?

그 젊은 딸이 무릎 위에 올라앉아 그 경계를 물었을 때 이렇게 대답했으면 그 중도 쫓겨나지 않고 암자도 불태워지지 않았을 것이다.

"부드럽고 따뜻하지."

공부하는 수행인이 음심이 동했다고? 허허, 부드럽고 따뜻함이 음심이던가?

성성하고 적적한 물이 비로소 산으로 가네.

*

금은보화 쌓아두고
왜 걸식을 하느냐

도道를 닦는다는 것은 무엇인가?

어느 선원에 수행을 잘하기로 유명한 수좌가 있었다. 그는 십 년을 하루같이 묵언默言을 하며 촌각도 등을 바닥에 닿지 않은 채 장좌불와長坐不臥를 했다. 더구나 하루에 한 끼만 먹는 일종식까지 곁들였다. 그는 묵언을 지키느라 어떤 일이 있어도 입을 열지 않았기 때문에 그의 법명조차 점차 희미하게 잊혀 갔고, 선원에서는 그를 묵언수좌라 불렀다. 그는 수행을 위해 할 수 있는 모든 것을 다 했고 극도의 고행으로 인해 뭇 수좌들의 존경을 받았다.

이런 일이 있었다.

해제철이었기 때문에 모든 수좌들이 만행을 떠나 버렸는데도 그는 텅 빈 선방에 남아 홀로 정진을 하고 있었다. 아무도 없는 선방의 천장에는 거미줄이 드리워졌고 누전으로 인해 거미줄의 먼지에 불이 붙고 말았다. 불은 급격히 번졌다. 불길을 발견한 묵언수좌는 깔고 앉았던 좌복을 던지는 둥 홀로 분투해 보았으나 역부족이었다. 그러나 그는 묵언 중이었기 때문에 '불이야!'라고 소리칠 수 없었다. 한참 동안 이리 뛰고, 저리 뛰고 홀로 불을 끄다가 뒤늦게 뛰어나가 비상목탁을 두들겨 보았지만 불길은 이미 걷잡을 수 없이 번져 버린 뒤였다. 그렇게 해서 고색창연한 선방 한 채는 고스란히 잿더미로 변해 버리고 말았다. 문경 봉암사 선방에서 있었던 일.

그 뒤 소방서와 경찰서에서 나와 화재 원인을 조사하는 과정에서도 그는 묵언을 지킨답시고 손짓·발짓으로만 조사에 응했기 때문에 묵언의 경험이 있는 한 수좌가 옆에서 따로 통역해 주어야 할 정도였다. 이 광경을 옆에서 지켜본 수좌들의 의견은 두 가지로 엇갈렸다. 대부분은 수행을 위한, 그의 흔들리지 않는 고집과 열정에 대한 감탄이었다. 그 상황을 지켜보던 조실 스님은 한숨을 내쉬며 이런 한마디를 내던졌다.

"수행이 무엇인지도 모르는 미친놈! 한사코 반대 길로만 내달려 이젠 벼랑 끝까지 왔구먼. 쯧쯧!"

그 뒤 그는 선방에서 가끔 이상한 행동을 하곤 해서 입승 스님으로부터 주의를 받곤 했다. 시간이 흐를수록 그의 돌출 행동은 잦아졌다. 모두들 선방 안에서 정진을 하고 있는데도 그는 홀로 추운 마루에 나가 정진을 했다. 뒷방을 하나 내어준다고 해도 한사코 마다하고 대중 스님들에게서 약간만 벗어난 채 도드라진 행동을 해 보이는 것이었다. 그런 묵언수좌의 눈을 들여다보다가 선승으로만 지내온 경험 많은 입승 스님은 사태를 파악했고 그를 끌어내기 위해 몇몇 무예에 뛰어난 스님들에게 눈짓으로 신호를 보냈다. 그러나 입승 스님의 기미를 눈치챈 묵언수좌는 재빨리 산으로 도망가 버렸다. 며칠 동안 정진을 포기한 채 수좌들은 산을 뒤져야 했고 묵언수좌는 삼일 만에야 어느 컴컴한 동굴 속에서 발견되었다. 힘센 수좌들에게 끌려오면서 묵언수좌의 눈빛은 광기로 번들거렸다.

선원 앞마당에는 이미 앰뷸런스가 도착해 있었고 버둥거리던 묵언수좌는 강제로 앰뷸런스에 태워졌다. 그런데 앰뷸런스에 태워진 묵언수좌가 입승 스님이 잠깐 한눈을 파는 사이 감쪽같이 사라져 버리고 말았다. 그를 찾기 위해 그날 하루 경내는 발칵 뒤집혔고 저녁 무렵에야 묵언수좌는 차 밑바닥에서 발견되었다. 그는 앰뷸런스의 밑으로 기어들어 가 광기를 번뜩이며 차를 껴안은 채 차에 매달려 초인적인 힘으로 하루를 버텨냈고, 옷자락이 땅에 흘러내리는 바람에 발각이 되었던 것이다. 어찌할 수가 없어서 앰뷸런스를 뒤집은 뒤에야 그를 차에서 떼어낼 수 있었고, 그는 그렇게 정신병동에 입원하게 됐다.

그에 대해서 조실 스님이 내리신 일갈.

"왜들 육신을 괴롭히는 것을 도를 열심히 닦는 것이라고 착각들을 하나? 쯧쯧! 에고(Ego)와의 갈등을 도를 닦는 것으로 착각하는 못난 놈들! 에고의 본질은 본디 더욱 어려운 일을 해내어서 남들보다 더 잘나 보이고 싶어 하는 더럽고 속된 중생심인 게야. 도를 닦는다는 것은 에고를 지운다는 뜻이며 에고를 지워야만 전체를 얻을 수 있는 것이거늘… 남들보다 더욱 흔적 없이 낮아지는 것이 수행의 기본이거늘! 남들에게 추앙받기 위해 도를 닦는 못난 놈들! 쯧쯧!"

그 뒤 묵언수좌를 까맣게 잊고 지냈는데 몇 년 뒤 우연히 종로 거리에서 그를 만날 수 있었다. 그는 옆구리에 책을 한 권 끼고 있었는데 얼굴이 예전과는 달리 부드럽고 해맑아 보여서 그가 먼저 아는 체를 하지 않았다면 알아보지 못할 뻔했다. 옆에 끼고 있는 책이 무슨 책이냐고 묻자 그는 싱긋이 웃으며

"은사 스님을 따라 미국에 가려고 영어 회화 공부를 하고 있어요."

뒤쪽의 영어학원을 가리키는 것이었다.

그렇게 헤어진 뒤 다시 만나지 못했는데 풍문에 의하면 미국의 선원에서 은사 스님과 함께 열심히 한국의 선(禪)을 알리는 데 앞장서고 있다고 한다. 부처님께 감사.

모든 수도자가 잊지 말아야 할 비수 같은 선화禪話 하나.

어느 수도자가 자신의 스승에게 물었다.

"모든 산과 강, 꽃이며 나무, 지구와 별들은 어디에서 온 것입니까?"

스승이 바로 일러 주었다.

"너의 질문은 어디에서 온 것이냐?"

제자는 퍼뜩 자신의 내면을 들여다보았고, 비로소 자신 안에 모든 것이 갖춰져 있음을 깨달았다.

세상이 이토록 혼란한 이유는 단 하나일 뿐. 자신이 어디에서 와서 어디로 가는지, 그리하여 어떻게 살아야 하는지를 모르기 때문.

도道란 무엇인가? 도는 모든 것의 근원이며 시작에서 끝이며, 전체이며 알파에서 오메가까지인 것. 이 복잡하고 거대한 문제를 어떻게 알 수 있는가? 간단한 문제.

역대 성인들은 깨달은 뒤 하나같이 이렇게 부르짖었다.

"너 자신을 알라."

소크라테스를 필두로 석가모니며, 예수며, 공자가 말만 바꿔 자신의 내면을 들여다볼 것을 당부했던 것이다.

모든 생각을 지우고 자신의 내면을 깊숙이 들여다보는 것. 그 내면에는 무엇이 존재하는가? 그곳에는 모양도 없고 색깔도 없으며 펼치면 우주 전체를 감싸고도 부족함 없고, 거둬들이면 바늘 하나 꽂을 틈도 없는 신묘한 그대의 의식이 성성하고 적적히 자리 잡고 있는 것이다. 허공 같지만 허공이지 않고, 없는 것 같지만 분명히 존재하는, 모든 것의 근본이며 모체인 그대의 의식. 그 의식을 인식하면 그대는 몰록 깨친 것이고, 비로소 그대는 도의 계단에 첫발을 올려놓은 것이다. 의식과 몸을 함께 닦아서 성명쌍수性命雙修의 길에 들어서는 문을 힘껏 열어젖힌 것이다. 선이란 이런 것이고 너무도 쉬운 것.

의식이 없는 사람도 있는가? 그토록 분명히 존재하는 의식을 왜 깨닫지 못하는가? 단 한 번도 고요히 자신의 내면을 들여다보지 않았기 때문, 자신 안에 금은보화를 쌓아둔 채 굶주리며 남의 집 문전에서 걸식해대는 못나고 더러운 습관 때문이다. 슬프고 슬픈 일이다.

물질이 아무리 풍부해도 세상이 나아지지 않는 이유는 단 하나. 물질이 풍부해지는 만큼 정신이 풍부해지지 못하기 때문이다. 정신과 물질의 격차가 심해질수록 그 불균형으로 인해 세상은 혼란스러울 것이고, 그 정신적 빈곤의 중심에는 바로 도에 대한 무지가 자리 잡고 있다. 한마디로 도덕道德이 사라져가고 있기 때문이다. 도道는 우주의 본체이고 덕德은 그 작용이다. 도를 깨달아서 그 도를 사용하는 것이 바로 도덕인 것이고 나와 우주가 함께 밝아지는 길이다. 어떻게 시작해야 하느냐고?

신록 선사가 하루는 법당에 앉아 시를 읊었다.

쓸쓸히 홀로 앉아 시를 읊조리는데
줄 없는 거문고 가락을 아는 이 없네.
종일토록 법당에 고요히 앉아 있어도
본래의 마음이 무엇인지 묻는 이 없네.

때마침 지나가던 제자 봉언이 그 시를 듣고 다가와 물었다.

"어떤 것이 본래의 마음입니까?"

신록 선사가 제자를 불렀다.

"봉언아!"

"예?"

선사가 말해 주었다.

"차 한 잔 갖다줄래?"

그 한마디에 봉언은 퍼뜩 깨쳤다.

대답하고 차를 가져다주는 그놈이 바로 그의 의식이고 우주의 주인인 것. 너무 쉬워서 믿기지 않는다고?

겨울 해는 짧고 길은 멀다네.

*

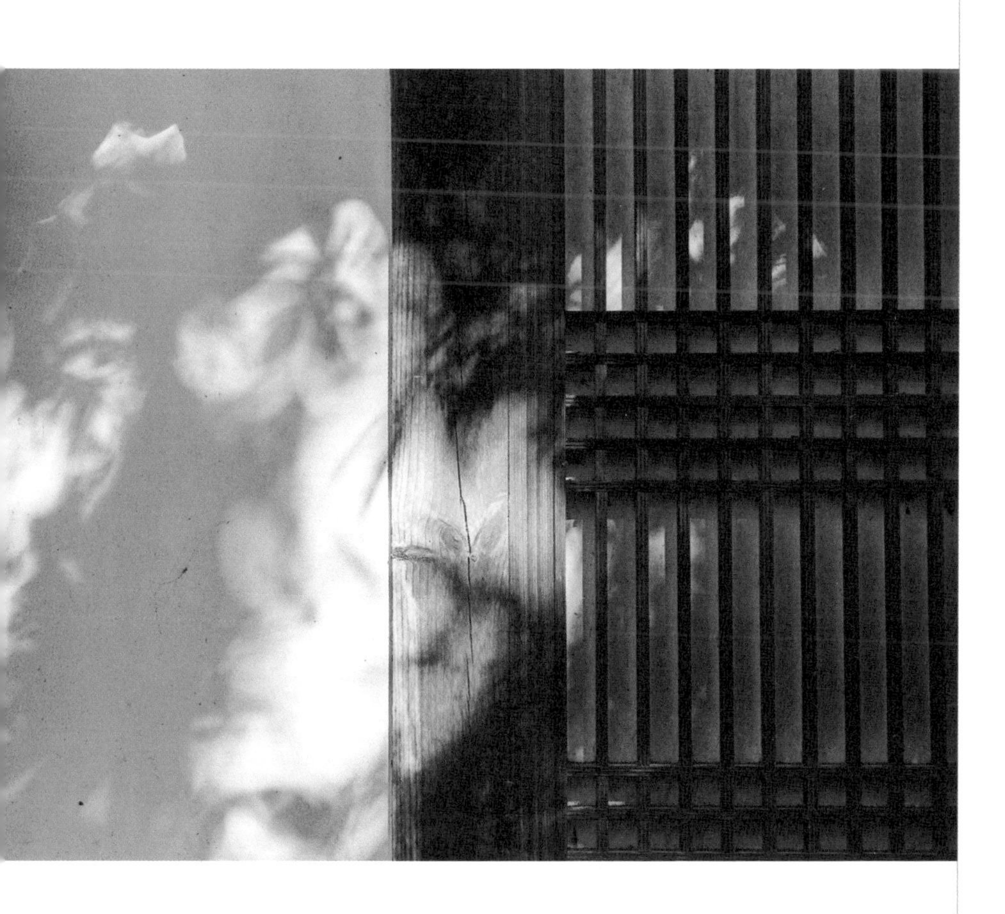

차나 한잔하고 가시게

옛날에 조주 스님은 도道가 높고 우뚝하여 선풍을 드날렸다. 그래서 사방에서 도를 묻기 위해 참례하는 사람이 대단히 많았다. 하루는 두 중이 동시에 도착하였는데 조주 스님은 한 중을 가리키며

"그대는 이곳에 와 본 적이 있는가?" 하고 물으니

"와 본 적이 없습니다."라고 대답했다.

그러자 조주는 "차나 마시게"라고 말했다. 다시 조주는 옆의 중에게 "그대는 이곳에 와 본 적이 있는가?"라고 물으니 "와 본 적이 있습니다."라고 대답했다. 그러자 조주는 다시 "차나 마시게."라고 말했다. 이 모습을 옆에서 지켜보던 원주가 "와 본 적이 없다는 이에게 차를 마시라는 것은 그렇다 치고 와 본 적이 있다는 이에게도 차를 마시라는 것은 무슨 뜻입니까?" 하고 물었다.

그러자 조주는 "원주!" 하고 불렀다. 원주가 "예." 하고 대답을 하며 다가오자 조주는 다시 "차나 마시게."라고 하였다.

이처럼 조주는 세 사람 모두에게 도道를 쥐여 주었는데도 세 사람 모두 눈치를 채지 못해서 그만 놓치고 말았다. 아깝고 아까운 일이다.

이와 같은 경우가 운문 조사에게도 있었다. 어느 학인이 운문 스님께 찾아오니 운문 스님이 말없이 빵을 내밀었다. 그러자 그 학인은 그 자리에서 곧 이해하여 도를 얻었다. 그리하여 이 아름다운 이야기는 후세 사람들에게 운문병雲門餠, 조주차趙州茶라는 선화로 알려지게 되었다.

또 이런 일도 있었다. 어떤 중이 점심 공양을 마치고 조주 스님에

게 물었다.

"스님, 대체 도가 무엇입니까?"

조주 스님은 그 중에게 자세히 일러 주었다.

"발우를 씻어라."

조주 스님의 그런 자상함에도 불구하고 그 중은 아무런 이익도 얻지 못했다.

이런 일화는 예나 지금이나 곳곳에서 벌어지고 있다. 벌써 몇 년 전의 일이다. 예부터 구산선문九山禪門의 하나로 줄곧 선풍을 드날려 오고 있는 문경 봉암사의 선방에서 있었던 일화 하나.

선방에서는 오십 분을 좌선하고 십 분은 걸으며 포행정진 하는 것이 관례로 되어 있다. 그래야 정신이 혼침에 빠지는 것을 막고 몸의 혈액순환도 도와 기혈과 정신을 함께 고르게 하여 성성적적猩猩寂寂한 선정을 유지하는 데 유리하기 때문이다.

오십 분의 좌선이 끝나고 십 분간의 포행정진을 위해 입승 스님이 죽비를 딱! 딱! 딱! 세 번 두들겼는데도 한 구참 스님이 일어나지 않고 그 자리에 계속 앉아 있었다. 그렇게 되자 선방을 포행하는 대중 스님들의 발길을 방해하는 등 여러 가지 불편이 뒤따랐다. 하는 수 없이 입승 스님이 나서서 스님을 일으켜 세우기 위해 말했다.

"스님, 선규禪規에 따르시지요."

그 스님은 일어나지 않고 계속 고집을 부렸다.

"아, 선정이 깊어져 삼매에 이를 만하면 포행시간이 되어 선정이 흐트러지곤 하니 나는 이대로 계속 앉아 있겠소."

그러자 입승 스님이 태연히 말했다.

"아, 그러시군요. 공부가 깊어져서 공부가 너무 얕은 대중들과 함께 정진하시기에는 방해를 받으시는군요. 그렇다면 절에 조용한 뒷방이 많으니 제가 하나 주선해 드리지요. 그 방에서 삼매에 방해받지 않으시도록, 근처에 아무도 얼씬하지 못하도록 조치를 해놓을 테니 그 방에서 홀로 마음껏 좌선만 하시지요."

그 스님은 아무 말도 하지 못하고 뒷방으로 물러날 수밖에 없었다. 그러나 그 스님은 뒷방에서 사흘을 견디지 못하고 머리를 긁적이며 다시 대중이 모여서 정진하는 큰방으로 되돌아올 수밖에 없었다. 최적의 상태로 몸과 마음을 유지하도록 짜놓은 대중선방의 규율도 못 지키는 주제에 혼자 정진한다는 것은 그야말로 어불성설이었으리라. 그 뒤 그는 그 일로 마음이 산란하여 공부가 제대로 되지 않았던 모양이었다. 가끔씩 좌복 위에서 뒤척이더니 결국 나머지 안거 기간도 채우지 못하고 훌쩍 걸망을 싸서 도망가듯 선방을 빠져나가고 말았다. 선방의 규칙을 어기고 선방을 탈퇴하는 경우 삼 년 동안은 방부를 받아 주지 않는 규칙 때문에 그 후로 몇 년간 그 스님은 봉암사 선방에서는 만날 수 없었다.

누가 강요하는 것도 아니건만 사람들은 스스로 마음을 지어 그 덫에서 헤어나지 못하고 있다.

조주 스님은 이와 비슷한 선화를 남겨주고 있다.

옛날 어떤 학인이 공부에 아는 척을 하느라 조주 스님에게 물었다.

"한 물건도 가져오지 않았을 때는 어떻습니까?"

조주 스님이 말했다.

"놓아 버리라(放下着)."

그 학인이 다시 물었다.

"한 물건도 가져오지 않았는데 어떻게 놓아 버리라는 말입니까?"

그러자 조주 스님이 대답했다.

"놓아 버리지 않으려면 짊어지고 가거라."

분별을 일으키고도 그 분별을 짊어지고 있다는 것조차 모른단 말인가. 예나 지금이나 어리석음을 짊어지고 있는 자들은 짊어지고 있는 어리석음을 보지 못하는 법.

두 사람이 집으로 돌아가다가 길에서 각각 뱀을 만났다.

한 사람은 무서워서 못 본 척 고개를 돌리고는 헐레벌떡 뛰어 집으로 돌아갔다. 그리고는 황급히 문을 걸어 잠근 뒤 식구들에게 길에 커다란 독사 한 마리가 똬리를 틀고 행인을 노리고 있으니 조심하라고 당부를 한다. 그리하여 그 집에는 뱀 주의보가 내려진다.

한 행인은 길목에 똬리를 틀고 있는 그것이 뱀인지 아닌지, 알아야 대처를 할 수 있을 것 같아 조심스럽게 다가가 살펴본다. 가까이 다가가 그 뱀을 확인하는 순간 그는 어처구니가 없어 웃음을 터트리고 만다. 그것은 뱀이 아니라 새끼줄이었던 것이다. 그는 그 새끼줄을 집어서 멀리 던져 버리고는 휘파람을 불며 휘적휘적 집으로 돌아온다.

누가 새끼줄인 줄 알면서도 그것을 겁낼 사람이 있겠는가?

선禪이란 바로 이런 것. 자신을 끌고 다니는 마음이라는 것이 무엇인지, 그 정체를 알기 위해 자신의 마음에 집중해 면밀히 들여다 보는 것이 선공부인 것이다. 차를 마시며 차 맛을 아는 이놈이 혀舌인가, 마음인가? 만약 혀가 맛을 느낀다면 죽어서 관 속에 들어갔을 때 혀는 왜 아무 맛도 느끼지 못하는가? 만약 마음이 맛을 느낀다면 그 마음은 어디에 있는가? 어디에서 비롯되는가? 그 자리를 옛 선사들은 자상히도 손에 쥐여 주건만 몇몇 눈 밝은 이를 빼놓고는 도무지 움켜쥐지를 못하는 것이다.

자신을 끌고 다니는 이 마음이라는 것의 정체를 알지 못하고 살아가는 사람들과 새끼줄을 뱀이라고 착각하여 평생을 뱀의 공포 속에서 살아가는 사람들과 무엇이 다른가?

그러나 세상은 새끼줄을 뱀이라고 착각하는 사람들의 세상이다. 그래서 그것이 뱀이 아니라 새끼줄이었다고 폭로될 때 자신들의 세계가 무너지는 것을 두려워하는 뱀 주의자들이 폭로하는 자들을 감쪽같이 못 박아 버리고 마는 것이다. 그래서 예수는 십자가에 못 박혀 죽을 수밖에 없었다.

대신 선사들은 장난치듯 교묘한 방법을 사용한다. 눈 밝은 사람들은 알아들을 것이고 고정관념에 사로잡혀 있는 뱀 주의자들의 눈에는 그것이 망령 난 노인의 장난으로나 보일 것이다. 망령돼 장난을 좀 친다고 해서 누가 십자가에 못 박기야 하겠는가?

조주 스님은 이런 유명한 망령을 떨었다.

어떤 중이 조주 스님에게 "개도 불성이 있느냐?"고 물었다. 부처님은 분명히 풀잎 하나에까지 불성이 있다고 말했는데 조주 스님은 뭐라 하는지 보려는 장난스러운 심보에서였다. 그러자 조주 스님은 단호히 이렇게 외쳤다.

"무無!"

여기에서 수많은 납자들의 눈을 뜨게 해 주었다는 그 유명한 무자無字 화두가 생겨나게 되었다.

부처님은 분명히 유정이며, 무정이며, 풀잎 하나에까지 불성이 있다고 말씀하셨는데, 왜 똑같은 경지에 올랐다는 조주 스님은 무無라 했을꼬? 이것을 알아내면 누구라도 단박에 부처의 경지에 올라 자유인이 될 수 있는 것이다. 다시는 새끼줄을 뱀이라고 속지 않으며 휘적휘적 제 길을 갈 수 있을 것이다.

부처의 경지에 이르러 천하의 조주고불이라고 이름을 떨쳤던 그가 새삼 망령을 떨었다고? 쯧쯧!

*

돼지의 즐거움에 빠져

부처도 돼지처럼 사는구나!

어떤 사람이 산에서 독수리 알을 하나 주워와 자기 집 닭장 안의 닭 둥지 속에 넣어두었다. 독수리는 병아리와 함께 부화되어 병아리처럼 자랐다. 자라는 동안 독수리는 자신 안에서 독수리의 본성이 드러날 때마다 열등감을 느끼며 더욱더 병아리처럼 되기 위해 노력했다. 시간이 흐를수록 독수리는 영락없는 닭이 되어갔다.

닭이 된 독수리는 어느 날 물을 마시다가 무심코 하늘을 올려다보았다. 하늘엔 너무도 자기와 닮은 새 한 마리가 당당히 하늘을 날고 있었다. 그는 동료 닭에게 저 새가 도대체 누구냐고 물었다. 동료 닭이 그를 위해 말해 주었다.

“저분은 하늘의 제왕이신 독수리님이야. 하지만 우리는 꿈도 꾸지 말아야 해! 우린 그저 땅에 의지해서 살아가는 닭일 뿐이니까.”

동료 닭의 충고를 받아들인 독수리는 닭처럼 살다가 끝내 자신이 독수리인 줄도 모른 채 늙어서 닭처럼 죽었다.

억울하지 아니한가?

역대 종정을 지내셨고 수많은 열변을 토해내셨던 선지식 성철 스님은 깨달음 직후 곧바로 이런 놀라움을 토해낼 수밖에 없었다.

“이런, 모두가 부처였구나! 단지 자신이 부처라는 것을 모르고 있을 뿐. 억울하고 억울한 일!”

자신이 부처이면서도 왜 중생처럼 살아가는가? 독수리이면서 닭처럼 살아가는가?

문수·보현, 두 보살이 함께 산길을 가다가 미망에 헐떡이고 있는 돼지를 한 마리 만났다. 자비심 많은 보현 보살은 문수 보살을 먼저 보낸 뒤 가엾은 돼지를 제도하기 위해 자신이 몸소 돼지로 몸을 나투었다.

한참을 홀로 가던 문수는 돌아올 시간이 되어도 보현이 돌아오지 않자, '아차!' 하는 생각이 들었다. 문수는 황급히 오던 길을 되돌아가 보았다. 아니나 다를까. 돼지의 몸을 뒤집어쓴 보현은 돼지를 제도하기는커녕 돼지의 즐거움에 빠져 돼지와 함께 오순도순 즐겁게 지내고 있는 것이 아닌가. 문수는 냅다 보현의 엉덩이를 걷어차 버렸고, 그제야 제정신으로 되돌아온 보현이 입맛을 쩝쩝 다시며 하는 말.

"극락이 텅 비어 있는 이유를 내 몸소 체험했네 그랴."

두 보살은 새삼 무서운 중생심에 혀를 내두르며 돼지를 돼지의 즐거움 속에 그대로 버려둔 채 길을 떠나올 수밖에 없었다.

중생이란 언제나 현재를 낙처樂處로 삼는 것.

얼마 전 명문대학 출신으로 고시에 합격해 현직에 몸담고 있던 9명이 한꺼번에 출가하여 화제가 된 적이 있다. 그 일에 대해 현실도피라는 쪽으로 세간의 의견은 모였던 모양이다. 그 말을 전해 들은 한 선원의 조실 스님이 내리신 자상한 일갈.

"왜 그대들은 그대들의 사는 방식이 옳다고 생각하는가? 그리하여 그대들의 방식을 벗어나면 그것이 현실도피라고 생각하는가? 그대는 그대의 살아가는 방식을 낙처로 삼아 행여 자신의 본래 목적을 잊고 있는 것은 아닌가? 깨달음을 피해 조금이라도 더 돼지의 즐거움 속에 머물고 싶은 것은 아닌가? 한순간이라도 정신을 바짝 차리고 내부의식을 들여다보아라. 그대가 인간의 몸을 받아서 세상에 나올 때의 약속이 새겨져 있을 것이다."

입혼식(入魂式)이라는 게 있다. 이 세상에서 생을 마치고 저세상으로 돌아갈 때 남아 있는 자들이 치러 주는 의식을 장례식이라고 하듯, 저세상에서 죽어 이 세상으로 건너올 때 그곳에서 치러지는 의식을 입혼식이라고 한다. 영혼의 상태에서는 도저히 이루어낼 수 없는 부족한 진화를 완성하기 위해 고통스러운 지상을 선택해서 인간의 몸으로 다시 내려오는 것이고, 그 목적을 전 우주의 신들에게 맹서하는 자리가 입혼식인 것이다. 자신의 본질을 깨닫지 못하고 입혼식 때의 약속을 기억해내지 못하는 한 그대는 세세생생 돼지가 되어 미망에 헐떡이고 있는 보현 보살인 셈. 그대, 기억나지 않는가?

우주 전체의 진화를 위해 그 누구도 어길 수 없는 대원칙 3가지.

인과의 법칙 · 공존공영의 법칙 · 업業의 상호 불간섭 원칙.

우주의 목적은 함께 진화해 가는 것이고, 진화를 위해 갖은 모양과 방법으로 흩어져 수행해 나가는 인간은 아름답다.

당나라 때의 선사 마조馬祖가 제자 백장과 함께 들길을 가고 있을 때였다. 풀섶에서 무언가 푸드덕 날아올랐다.

"무언가?"

선사가 제자에게 물었다.

"들오리입니다."

백장이 대답했다.

선사가 다시 물었다.

"어디에 있는가?"

"저쪽으로 날아갔습니다."

백장이 날아간 쪽을 가리키며 대답했다. 순간 선사는 백장의 코를 힘껏 비틀었다.

"아얏!"

비명을 지르는 제자에게 선사는 자상히 일러 주었다.

"날아갔다더니 바로 여기에 있지 않느냐."

그 순간 백장은 문득 깨쳤다.

그대의 의식은 지금 어디에 있는가? 지금 그대 안의 의식을 인식하면 그대는 깨친 것이고, 그 의식을 더욱 밝히고 확장시켜서 부처의 의식까지 도달하면 그대는 부처가 된 것이다. 그대의 의식을 통해 도달된 부처의 마음을 사용하면 그대는 우주의 주인이 되는 것이다.

그대 이제 입혼식의 서약이 기억나는가?

좋고 좋네.

*

나는 생각한다
고로 존재하지 않는다

어느 보름날, 운문 선사가 제자들에게 이렇게 말했다.

"오늘 이전은 묻지 않겠다. 오늘 이후에 대해서 누가 한마디 해보아라."

제자들은 하나 같이 꿀 먹은 벙어리가 되었다. 선사는 그들을 바라보다가 껄껄 웃으며 스스로 이렇게 되뇌었다.

"날마다 좋은 날이지(日日是好日)."

무슨 말인가? 선원에서는 매달 보름날이면 삭발 목욕을 하고 자유정진을 한 뒤 조실 스님의 법문을 듣는다. 소참법문이란 보름마다 한 번씩 행해지는 이때의 법문을 이르는 것. 도가 높은 선지식이 이끄는 어느 선원에서 소참법문 때 이런 일이 있었다. 평소에 조실 스님의 높은 도道를 흠모하던 어느 수좌가 조실 스님의 법문이 끝난 뒤 슬쩍 이런 질문을 던져 보았다.

"오늘은 삭발목욕일이고 자유정진일이기도 하니 조실 스님의 젊은 시절 이야기를 좀 듣고 싶습니다. 무엇보다도 조실 스님은 일본 유학 시절에 인기가 높아 그 시절의 그럴듯한 로맨스도 좀 있었던 걸로 압니다. 부디 그 시절의 이야기를 좀 들려주시지요."

조실 스님은 천천히 대중을 훑어본 뒤 그러나 선禪 칼날 위에서 털끝만큼도 비켜서지 않은 채 그 시절의 이야기를 이렇게 압축해 주었다. "오늘처럼 날마다 좋은 날이지."

눈 밝은 수좌들은 조실 스님의 빈틈없는 선기禪氣에 그만 기가 질릴 수밖에 없었다. 이것이 무슨 뜻이며 눈 밝은 수좌들은 왜 기가 질리고 말았는가?

일본의 도원 선사가 송나라에 유학할 때 항주의 경덕사에서 공양주 소임을 맡고 있는 스님을 만났다. 햇볕이 쨍쨍 내리쬐는 무더운 여름날인데도 땀을 흘리며 산에서 따온 버섯을 말리고 있었다. 도원 선사가 물었다.

"공양주 스님은 연세가 어찌 되는지요?"

일손을 멈추지 않은 채 그 스님이 대답했다.

"어느덧 예순이 되었구려."

놀란 도원 선사가 말했다.

"그렇게 연로하신 몸으로 왜 젊은 스님들을 시키지 않고 직접 하십니까?"

공양주 스님이 비웃으며 일축했다.

"그들은 내가 아니지 않소."

도원이 감탄하며 다시 말했다.

"스님은 과연 빈틈이 없으시군요. 그렇더라도 날씨가 좀 선선해지면 하시지, 왜 구태여 이렇게 더운 날 일을 하십니까?"

공양주 스님이 재차 일축했다.

"지금이 그때이지 않소!"

도원은 그 스님의 놀라운 선기에 그만 뒤로 벌렁 나자빠지고 말았다. 석가모니 부처님은 걸식하는 도중 이런 질문을 받았다.

"사람을 진정 거룩하게 만드는 것은 무엇입니까?"

석가모니 부처님은 그가 부어 주는 음식을 흘리지 않도록 발우에 조심스럽게 담으며 말했다.

"시간은 결국 쪼개어 보면 순간의 연속으로 이루어져 있습니다. 지금 바로 이 순간을 거룩하게 사는 사람이 거룩한 사람입니다."

과거에도 미래에도 끌려다니지 말고 지금 바로 이 순간을 절실하게 깨어서 사는 것.

이런 삶이 바로 수행자들이 추구하는 삶이며 깨달음의 삶이다.

선가에 이런 이야기가 전해진다. 어떤 중이 무슨 일로 전쟁 중에 국경을 지나다가 첩자로 오인 받아 체포되었다. 그는 감옥에 갇혀 내일이면 사형을 당하는 신세가 되고 말았다. 날이 새면 억울하게 형장의 이슬로 사라지고 말 것이라는 생각 때문에 그는 잠을 이룰 수가 없었다. 그때 문득 스승의 말이 떠올랐다.

'내일은 실제가 아니다. 실제는 지금 이 순간일 뿐.'

그는 퍼뜩 살아있는 현재로 되돌아왔고 이내 편히 잠이 들 수 있었다. 아침이 되자 그는 첩자가 아니라는 것이 판명되었고, 무사히 풀려날 수 있었다. 형장의 이슬로 사라질 것이라는 내일에 대한 걱정 때문에 그가 만약 발광이라도 했다면 무사히 되돌아올 수 있었을까?

육조 혜능 대사의 제자로 당나라 현종·숙종·대종의 숭앙을 받았던 국사 혜충의 선화禪話.

혜충이 국사로 있을 때 인도에서 큰 귀라는 별명의 법사가 왔다. 그는 남의 생각을 읽을 줄 아는 타심통이라는 신통력을 가지고 있었다. 임금이 그의 신통력에 마음이 빼앗긴 것을 보고 혜충이 그를 시험하기 위해 직접 물었다.

"내가 지금 어디에 있는지 말해 보시오."

법사가 대답했다.

"한 나라의 국사가 어찌해서 산의 원숭이가 노는 것을 구경하고 계시오?"

혜충이 이번에는 머릿속의 생각을 바꾼 뒤 다시 물었다.

"지금의 내가 어디 있소?"

"스님은 왜 이번엔 천진교 다리 위에 가서 뱃놀이나 구경하고 계시오?"

혜충은 이번엔 생각을 말끔히 거둔 뒤 다시 물었다.

"지금은?"

법사는 혜충을 한참이나 들여다보았지만 마음을 읽을 수가 없었다. 그러자 고개를 갸우뚱거리는 법사를 향해 혜충은 버럭 소리를 질렀다.

“여우 같은 놈! 마음의 본질도 못 찾는 그깟 놈의 타심통으로 사람을 미혹하다니!”

법사는 얼굴을 붉힌 채 꽁무니를 빼고 말았고 헛된 것에 미혹했던 왕은 그 순간 자신을 뉘우쳤다.

우리를 울고 웃고 고뇌하고 절망하여 심지어 자살까지 하게 만드는 이 마음이라는 것은 도대체 무엇인가.

사람들은 생각을 마음으로 착각하여 그 생각에 평생을 끌려다니며 노예가 되어 산다. 마음의 본질을 모르면 단 한 순간도 이 생각이라는 미망에서 자유로울 수가 없다. 심지어 꿈속에서까지도.

무엇 때문일까? 죽는 순간까지도 자신의 마음이라고 착각하게 만드는 이 생각이라는 것은 도대체 무엇인가? 어떻게 해야 생각이라는 미망에서 벗어날 수 있는가?

생각이란 머릿속에 저장되어 있는 과거라는 기억들이 빚어내는 그림자들일 뿐, 실제는 아니다. 또한 내일이라든가 미래라든가 하는 것도 과거의 생각들이 부딪혀서 추론해낸 관념일 뿐, 실제는 아니다. 생각하는 순간 나는 추상적인 거짓의 세계에서 사는 것이다. 과거 또는 미래는 가상의 세계다. 실제는 언제나 지금 이 순간에 있고 지금 이 순간으로 의식이 깨어서 돌아오는 순간 미망은 사라진다. 마음이라고 착각하며 끌려다니는 생각이라는 것은 마음의 본질인 의식에 묻어있는 과거의 찌꺼기들일 뿐이며, 깨닫는다는 것은 깨어서 현재 의식의 본질에까지 도달한다는 뜻이다.

어느 선원의 생각이 아주 많은 공양주 스님이 있었다. 그는 어찌 하면 밥을 더 맛있게 할까, 시간을 절약할 수 있을까, 밥을 태우지 않고 적당한 누룽지를 만들어낼 수 있을까, 밤낮으로 궁리했다. 마침내 적당한 물과 나무의 양을 계산해내었고, 나무를 쌓은 뒤 불만 붙이면 저절로 밥이 익고 뜸이 들도록 할 수 있게 되었다. 그는 이 계산을 해내는 데 몇 달이 걸렸고 공양 인원이 바뀔 때마다 다시 그 계산을 해내느라 시일이 걸리곤 했다. 밥의 맛이야 언제나 똑같은 맛이었지만 대중 스님들은 그 정성이 하도 갸륵해서 그저 오며가며 한마디씩 칭찬을 던져 주곤 했다.

"스님들을 위한 신심이 대단히 장하십니다 그려."

"아주 머리가 영특하셔서 밥 잘하는 방법을 개발해내셨군요. 아주 대단하십니다."

공양주 스님은 다른 스님들에게 이런 소리를 들을 때마다 대단히 기분이 좋아져 저절로 어깨가 으쓱해지곤 했다.

어느 날 조실 스님이 지나가자 공양간 문을 활짝 열어놓고 칭찬을 들을 요량으로 조실 스님 앞에서 자신이 개발해낸 밥 짓는 방법을 설명을 곁들여 시범을 보였다.

공양주가 하는 짓을 묵묵히 바라보고 있던 조실 스님은 가만히 다가가 공양주의 얼굴을 애처로운 눈빛으로 바라본 뒤 이렇게 말해 주었다.

"그대는 밥할 줄도 모르나? 밥 한 번 하는 데도 이렇게 궁리가 많은데 잠은 어찌 자누? 정랑에서 일은 어찌 보누? 자고로 생각이 많은 자를 일러 중생이라 하는 게야. 그런데 그대는 그 못난 생각을 뽐내기까지 하다니 아직도 다겁생은 더 윤회하겠네 그랴, 쯧쯧!"

그러나 그는 조실 스님의 말뜻을 이해하지 못한 채 계속 자신의 방법을 자랑했고 결국 그 선원에서 밥통 스님이라는 별명을 얻고 말았다. 밥 짓는 일에 통했다 하여 그에겐 오랫동안 공양주 소임이 맡겨졌고 이를 비웃는 어느 수좌 하나가 공양간의 문설주에 이런 구절을 적어 주었다.

춘래불사춘 春來不似春

이 글귀를 보며 생각이 많은 그 중은 또 무슨 생각을 덧붙였을까? 미망에 미망을 덧붙였을까? 서둘러 그의 미망을 잘라 주어야지.

산에 왔으면 도를 통해야지, 밥 짓는 일이나 통하면 무엇 하나? 세세생생 중생 질에나 윤회할 뿐, 봄이 와도 봄이 온 것 같지 않네.

중생이란, 생각의 미망을 벗어나지 못한 자를 이르는 말이며 생각이란 실체가 없는 미망이다.

그대는 지금 어디에 있는가? 나는 생각한다. 고로 존재하지 않는다.

*

남쪽을 향해 북두를 보라

천연天然 단하 선사는 당나라 때의 활달한 선승.

추운 겨울날 그가 어느 절에 객승으로 머물 때였다. 땔감을 찾다가 눈에 띄지 않자 법당에 들어가 목불木佛을 안고 나왔다. 그는 도끼로 목불을 탁탁 쪼개 불을 지폈다. 이 모습을 발견한 주지가 황급히 뛰쳐나오며 소리쳤다.

"이 미친 중아! 부처님을 쪼개 불을 지피다니! 이 무슨 미친 짓이냐!"

천연 선사는 천연스레 재를 뒤적이며 대답했다.

"법당 안의 부처님이 하도 영험해 보이길래 태워서 사리를 찾는 중이오."

날뛰던 주지도 그 대목에서 말문이 막히고 말았다.

공부인에게 우상은 금물.

어느 학승이 자신의 신심을 드러내 보이기 위해 이렇게 말했다.

"아, 석가모니 부처님은 얼마나 높고 위대한 분인가!"

옆에서 듣고 있던 조실 스님이 간단히 일축했다.

"그다지 높을 것도 없지. 서역의 공부 잘하는 노승일 뿐."

이런 점에서 불교는, 특히 선가禪家는 자기 바깥에 무언가를 내세워놓고 그것에 예속되고 의존하는 기존의 종교와는 거리가 멀다.

갓 계를 받은 햇중 셋이 뭉쳐 통도사에 종정 스님을 배례하러 갔다. 삼배를 마치자 월하 종정 스님은 손수 차를 따라 주며 부드러운 일성一聲을 내렸다.

"이보게들, 중이란 둘 이상 뭉쳐 다니지 않는 법이야. 모래알이

두 알 함께 붙어있으면 그것을 어디다 쓰겠누? 중이란 바닷가의 모래알 같은 존재, 저마다 홀로 뒤척이며 전체를 이루는 것이지."

종정 스님의 부드러움이 세 중의 의타심을 갈라놓았다. 이들은 일주문을 나서자 각각 홀로 제 길을 떠났다.

어떤 중이 귀종 선사에게 물었다.

"어떤 것이 부처입니까?"

선사가 시큰둥하게 대답했다.

"말해줘도 네가 믿지 않을걸."

그 중이 황급히 손을 내저으며 말했다.

"어찌 감히 큰스님의 말씀을 믿지 않겠습니까."

비로소 선사는 큰 소리로 대답해 주었다.

"네 안을 뒤져 봐. 네가 바로 부처야."

"밖에서 찾지 말라!"

그래서 보조 지눌 선사는 자신 안에 부처를 두고 밖으로만 찾아다니는 수도인들을 위해 그의 수심결에다 이렇게 못 박아 두었던 것이다.

몇 해 전 봉암사 선방에서 있었던 일.

법당이 좁아 증축하는 것을 못마땅하게 여긴 수좌 하나가 법거량을 빗대어 조실 스님께 따지고 들었다.

"서쪽 암자西菴에 눈 밝은 명의가 산다길래 찾아왔더니 명의는 없고 법당 짓는 목수만 있군요. 도대체 그 법당 안에 들어갈 부처는 몇 근이나 됩니까?"

서암 조실 스님이 자상히 대꾸해 주었다.

"서쪽을 암자로 부지런히 찾아다녀 쌓는구나. 법당에 모실 부처는 그렇다 치고 네 안의 부처는 몇 근이더냐? 제 안의 부처도 못 보는 주제에 법당에 모실 부처님 근수까지 묻기는. 쯧쯧! 밖으로 돌아다니지 말라고 그렇게 일렀거늘."

봉암사 조실 스님이 어느 종교인 모임에 참석했을 때의 일화.

함께 참석해 있던 가톨릭 신부 한 분이 이렇게 물었다.

"무념무상일 때 하느님이 내려오십니다. 어떻게 생각하십니까."

조실 스님이 찬찬히 설명해 주었다.

"말이 조금 틀렸을 뿐입니다. 무념무상이란 아무런 상념도 일어나지 않는 상태. 선가에서는 이를 선정禪定이라 이릅니다. 그곳에 무엇이 어른거리는 순간 이미 무념무상이 아닌 것이지요. 그곳에 무엇이 내려올 수 있겠습니까. 어른거리는 순간 이미 깨져 버리는 것을. 그저 무념무상일 때 그 자리가 환히 드러나는 것입니다. 우리는 환히 드러나는 그 자리를 하느님이니 부처님이니 하고 이름만 바꿔 부르고 있을 뿐이지요. 모든 종교가 추구하는 곳은 한 곳입니다. 우리는 모두 같은 길을 가고 있는 사람들입니다."

도마복음서에서 부처는 이렇게 이르고 있다.

"하느님의 나라는 하늘에 있는 것이 아니다. 하늘에 있다면 새가 먼저 갈 것이다. 만약 바다에 있다면 물고기가 그곳에 먼저 갈 것이다. 하느님의 나라는 우리들 안에 있다. 그리고 동시에 밖에 있다. 그것이 우리들 자신임을 안다면 하느님의 아들이 우리들 자신임을 알 것이다."자신 안의 본질을 꿰뚫어 이미 내외명철內外明哲한 예수께 두 손 모아 합장.

선가에는 이런 공안이 내려온다.

"남면南面을 향하여 북두北斗를 보라."

남면을 향해 어떻게 북두를 보나?

자신의 내면을 깊이 들여다볼 것. 내면으로 들어가 자신의 본질을 확연히 꿰뚫는 순간, 자신 안에 전체가 있고 전체 속에 남면도 북두도 있음을 알게 되는 것. 자신의 본질이 둘 아님을 알게 되는 것.

호수의 표면은 물살의 일렁임으로 잠시도 쉴 틈이 없다. 그러나 안으로 깊숙이 들어갈수록 고요하다. 그 내면 깊은 곳에 요지부동, 밝게 머무르다 보면 문득 호수는 자신의 본질이 물水임을 깨닫는다. 견성 見性이란 이런 것.

햇볕에 호수 바닥까지 마른다 한들 물인 자신의 본질까지 사라지는가? 지워지는가?

본질을 꿰뚫는 순간, 자신이 하늘에 올라 구름으로 머물다가 다시 비가 되어 내릴 것임을, 꽃잎 속에 스며 머물거나 바위 속에 머물다가 이내 개울물로 시원스레 흐를 것임을 확실히 안다.

인간의 의식도 호수처럼, 잠시도 쉴 틈 없는 표면에 머물 때는 중생, 고요히 내면에 머물 때는 현자賢者, 본질에 머물 때는 성인聖人, 즉 각자覺者가 된다. 성인과 범부가 둘인가, 하나인가?

한 사람이 들판을 걷고 있었다. 뒤에서 소리가 들려 돌아보니 성난 코끼리가 무섭게 좇아오고 있었다. 있는 힘을 다해 도망가다 보니 눈앞에 우물이 있었다. 들여다보니 우물 안으로 칡넝쿨이 드리워져 있었다. 그는 정신없이 칡넝쿨에 매달려 우물 안으로 내려갔다. 그런데 우물 밑을 내려다보니 독사 네 마리가 혀를 날름거리고 있는 것이 아닌가. 우물 위에는 성난 코끼리가 울부짖고 밑에는 독사가 혀를 날름거리고 있으니 그야말로 진퇴양난. 그때 설상가상으로 흰 쥐, 검은 쥐가 나타나서 번갈아 가며 칡넝쿨을 갉아먹는 것이 아닌가. 이 절체절명의 순간, 문득 고개를 드니 칡넝쿨 위의 벌집에서 꿀이 한 방울씩 얼굴 위에 뚝뚝 떨어지고 있었다. 우리는 모두 이 절체절명의 순간에도 꿀의 달콤함에 취해 한 방울씩 떨어지는 꿀을 받아먹고 있는 중인 것이다. 이것이 유명한 '안수정등'이라는 화두. 자, 어떻게 해야 이 급박한 상황에서 벗어날 수 있을까?

이 안수정등이라는 화두에 이 땅의 대선지식들이 한마디씩 거량을 붙여놓았다. 이 위대한 선지식들은 어느 의식을 통해 본질에 닿은 뒤 교묘히 이 상황에서 벗어나고 있는가? 표면 의식인가? 곧바로 본질 의식을 통해서인가? 살펴보고, 살펴볼 일이다.

만공 스님: 어젯밤 꿈속의 일이다.

보월 스님: 누가 언제 우물에 들어갔나.

혜월 스님: 알려야 알 수도 없고 모르려야 모를 수도 없는 염득분명廉得分明.

고봉 스님: 아야! 아야!

전강 스님: 달다! 달아!

인간의 의식은 각기 머무르는 체體가 있다. 표면 의식은 육체肉

體. 본질 의식은 영체靈體. 육체의 표면 의식을 통해 영체의 본질 의식에까지 깊게 깊게 집중해 도달한 뒤, 그곳에 머무르다 보면 반드시 기연을 만나 깨치게 된다. 그 자리에서 향엄 선사는 돌멩이가 대나무에 '딱' 하고 부딪는 소리를 만나 문득 깨치고, 서산 스님은 그 자리에서 낮닭 우는 소리를 듣고 자신의 본질을 몰록 인식했다. 어떤 이는 말 한마디를 듣고 깨치고 어떤 이는 바람 소리를 듣고 본질을 깨닫는다.

우리를 끌고 다니며 울고 웃게 하는 이 마음은 축적된 과거의 기억이라는 미망일 뿐, 과거에도 미래에도 떨어지지 말고 '지금, 이 순간' 자신의 의식에 깊숙이 집중해 보라. 표면 의식을 벗어나 본질 의식에 도달할 때까지.

복숭아꽃 한 번 본 뒤 다시는 속지 않는다고 게송을 읊은 중국의 유명한 선가가 누구이던가? 다 찬 재에서 콩이 튀듯 명백하구나. 그렇더라도 본질을 알았으면 작용을 할 줄 알아야지. 이런 작용의 노래는 어떠한가?

모양 지운 지 오래, 막히면 한없이 기다리고 섞이면 사랑할 뿐 갇히지 않는다. 꽃잎 속, 벽 속, 바위 속, 이 굳건한 기다림. 낮은 곳으로, 낮은 곳으로 마침내 가장 낮은 곳으로 색깔마저, 색깔의 기억마저 지운 지 오래, 소리마저 흔적 없네.

*

물이 흐르나 다리가 흐르나

어떤 중이 동산 선사에게 물었다.

"추위나 더위가 오면 어디로 피해야 합니까."

선사가 대답했다.

"추위나 더위가 없는 곳이지."

중이 다시 물었다.

"그곳이 어디입니까?"

선사가 다시 귀띔해 주었다.

"추울 땐 추위 속으로 더울 땐 더위 속으로 뛰어들면 된다."

추위나 더위가 일어나는 그 자리를 깨닫지 못한 그 중은 머리를 갸웃거릴 수밖에 없었다.

어느 유명한 소설가가 동산 양개 선사의 이 선화禪話를 자신의 소설 속에 인용하면서 선사들이 적극적 태도라고 감탄 어린 해석을 붙여놓은 것을 읽은 적이 있다.

허허, 더위나 추위와 맞서 싸워 그것을 뛰어넘는 적극적 태도라고? 쯧쯧, 불에 불을 지르고 미망에 미망을 보태는 어리석은 중생의 해석이로고! 선禪도 모르는 채 풀섶 같은 자신의 머리로 헤아려 선사의 얼굴에 먹칠한 소설가의 속된 깜냥.

이 소설가와 비슷한 중이 당나라 때도 있었다. 금강경 해석에 능통해 한때 주금강이니 금강경 왕이니 하고 불렸던 덕산선감德山宣鑑. 그는 남쪽에 선禪이 꽃핀다는 소문을 듣고 몹시 분개했다.

"천만 겁을 다 바쳐 경을 읽고 의식儀式을 배우며 계율을 지켜도 부처 되지 못했거늘! 남방의 낮도깨비들이 직지인심해 견성성불한다며 큰소리를 쳐대니 이들을 쳐부수어 부처님의 은혜에 만분의 일이라도 보답하리라."

금강경 해설집을 두 보따리나 장대에 꿰어 들고 분연히 남쪽으로 향했다.

남쪽에 거의 이르러 그는 떡 파는 노파를 만났다. 점심때라 요기도 할 겸 책을 내려놓고 떡을 팔라고 했다. 노파가 덕산의 보따리를 힐끗 바라보더니 무슨 책이냐고 물었다. 덕산이 금강경 해설집이라고 자랑스럽게 대답하자 노파가 덕산을 비웃기라도 하듯 이런 제안을 했다.

"금강경에 관한 내 질문에 시원스레 답하시면 점심으로 떡을 거저 드리겠거니와 그렇지 못하면 다른 데로 가서 떡을 사드시기로 하십시다. 괜찮겠수?"

"물론이지. 자 금강경에 관한 것이라면 무엇이든지!"

그러나 그저 지나가듯 노파가 흔연스레 질문을 했다.

"금강경에 보면 과거의 마음은 흘러가 버렸으니 얻을 수 없고, 현재의 마음은 흐르고 있으니 얻을 수 없고, 미래의 마음은 오지 않았으니 얻을 수 없다는 구절이 나오는데

(過去心不可得 現在心 不可得 未來心 不可得),

그렇다면 스님은 도대체 어느 마음에 점을 찍으시겠수?

점심을 마음에 점을 찍는다는 뜻으로 해석해 간단히 들이민 노파의 비수에 덕산은 그만 말문이 꽉 막히고 말았다. 천하의 금강경 왕이라고 떠들던 그도 그만 그 자리에서 허기진 배를 움켜쥐고 일어설

수밖에 없었다.

어떻게 했어야 덕산은 그 자리에서 배를 곯지 않을 수 있었을까?

오륙 년 전 하안거가 끝날 무렵 봉암사 선원에서 있었던 일화.

조실 스님이 대중을 선방에 운집시킨 뒤 하안거의 성과를 가늠해 보기 위해 대중들에게 가만히 이런 화두를 디밀어 보았다.

"다리는 흘러도 물은 흐르지 않는다(橋流水不流). 왜 다리는 흘러도 물은 흐르지 않는가? 누가 한번 시원스레 일러 봐라."

빈손으로 호미를 잡고 걸으면서 물소 등에 올라탄다. 사람이 다리 위를 지나는데 다리는 흘러도 물은 흐르지 않는구나. 부대사의 사구에서 인용된 선귀로서 오등회원과 전등록에 나오는 유명한 공안.

그러나 아무런 대꾸가 없자 조실 스님은 대중들을 일일이 지적해 가며 답을 재촉해 보았다. 그러나 여전히 모두 꿀 먹은 벙어리였다.

"안거가 거의 끝나갈 무렵이니 공부가 어느 정도 익을 때도 되었건만 왜 모두들 한마디도 이르지 못할꼬? 그러니 밥도둑이라는 소릴 들어도 싸지! 쯧쯧!"

조실 스님의 한숨 섞인 탄식이 끝나갈 무렵이었다. 뒤쪽의 수좌 하나가 벌떡 일어서며 한마디 내던졌다.

"달이 몹시도 밝습니다."

조실 스님이 수좌를 힐끗 쳐다보며 어안이 벙벙해 했다.

"웬 홍두깨가 봉창을 뚫는 소린고?"

수좌가 기다렸다는 듯 그 대목을 물고 늘어졌다.

"생각을 따라가는 것이 병이라 이르시고는 왜 정작 조실 스님은 뜻을 헤아려 생각을 쫓으십니까? 정 그러시다면 제가 좀 더 가깝게 일러 보일까요?"

"그럭허시지."

"물도 흐르지 않고 다리도 흐르지 않습니다. 다만 내 눈이 흐를 뿐입니다."

조실 스님이 즉시 다그쳤다.

"눈이 흐른다? 눈은 다만 지수화풍地水火風이 조합해낸 물건일 뿐인데도?"

수좌가 여유만만하게 대꾸했다.

"그렇습니까. 눈은 다만 비추는 물건일 뿐, 정작 흐르는 놈은 따로 있습니다. 바로 이놈이올시다!"

수좌가 벌떡 일어나더니 조실 스님 앞으로 나아가서 꾸벅 삼배를 올리는 것이었다. 조실 스님이 황급히 수좌를 일으켜 세우며 자상히 꾸짖어 주었다.

"허허, 희미하게 아는 걸 가지고 흉내는 오죽이도 내는구먼. 선배들에게 얻어들은 풍월은 이제 그만 거두시고 그나마 잃지 않으려면 이따가 내 방으로 오시지! 길의 초입에는 들어섰구먼."

쑥스러운 듯 비로소 수좌가 합장을 하고 물러났다.

봉암사 선원에서 있었던 이 일화와 비슷한 선화가 육조 혜능 선사의 시절에도 있었다. 인종화상이 부처님의 열반경을 강의한다는 소문을 듣고 혜능이 그쪽으로 갔다. 많은 청중이 모여 있었으며 경내에는 깃발이 게양돼 있었다. 그때 바람이 불며 깃발이 소리를 내며 펄럭였다. 한 중이 그것을 보며 소리쳤다.

"아 깃발이 움직이고 있군."

그러자 옆의 중이 즉각 반발했다.

"아니지 깃발이 움직이는 것이 아니라 바람이 움직이는 것이지."

강의를 듣느라 지루했던 대중들이 양편으로 나뉘어 시끌벅적 다투기 시작했다.

"바람이다."

"아니다. 깃발이다."

이 광경을 지켜보던 혜능이 문득 나서서 답을 내려 주었다.

"바람이 움직인 것도, 깃발이 움직인 것도 아니다. 움직인 것은 그대의 마음이다."

그 자리에 운집해 있던 수좌들은 혜능이 내려 준 명백한 해답에 모두 깜짝 놀라고 말았다. 혜능은 이 인연으로 마침내 육조로서 세상에 모습을 드러내게 됐다.

"허허, 불쌍한 덕산, 그대도 허기를 느끼는 바로 그 자리에 점을 찍겠다며(點心) 그 자리를 드러내어 노파를 호통쳤다면 허기는 면했을 것을."

선禪이란 자신의 본래면목을 자신이 직접 확인하는 실제적인 공부. 이렇다 저렇다 들은 풍월이나 쓸데없는 깜냥을 철저히 배제하는 곳에서부터 출발한다. 남이 밥을 먹어 준다고 내 배가 부르는가? 밥

맛을 내가 느끼는가?

선문禪門에 맨 처음 들어서면 이마 위에 드리워지는, 새파랗게 벼리어진 서슬 같은 글귀.

입차문래 막존지혜 入此門來 莫存知慧
이 문에 들어오려거든 알음알이를 버려라.

배우고 들었던 지식이나 관념을 철저히 벗어던지고 오직 다시 태어난 자신의 편견 없는 눈으로 자신 안을 들여다볼 때 그동안 버려져 있던 자신 안의 부처가 빛을 내며 환히 모습을 드러낸다는 것.

근세 서구에서 깨달음을 얻은 흔치 않은 수행자가 있다. 게오르그 구제프.

그는 자신 안의 본질을 문득 들여다본 뒤 이렇게 탄식을 했다.

"아, 인간들 어리석음의 출발은 자신의 본질을 육신이나, 육신에서 비롯된 헛된 관념과의 동일시에 있었구나!"

인간은 모두 몸뚱이가 바로 자신이라고 여기며 살아가거나, 혹은 직책, 명성 등을 자신이라고 여기며 살아간다.

육신이 바로 나인가? 그렇다면 죽어서 관 속에 누워있을 때는 왜 추위도 더위도 느끼지 못하는가? 내가 만약 대학교수라면 실직해 버렸을 때의 나는 내가 아닌가? 도대체 나는 누구인가?

세상에는 두 종류의 인간이 있을 뿐이다. 자신이 부처라는 것을 알면서 살아가는 부처와 자신이 부처이면서 부처인 것을 모르고 중생처럼 살아가는 부처.

한 중이 혜충 선사에게 물었다.

"비로자나 부처님의 본체가 무엇입니까?"

선사가 일러 주었다.

"물병을 가져오너라."

그 중이 물병을 가져오자 선사가 다시 자상히 일러 주었다.

"도로 가져다 놓아라."

물병을 놓고 돌아온 우둔한 중은 그래도 깨닫지 못하고 다시 물었다.

"비로자나 부처님의 본체가 무엇입니까?"

선사가 탄식을 하며 말했다.

"옛 부처는 이미 지나갔도다."

그대는 지금도 옛 부처가 돼 시시각각 과거 속으로 사라져가고 있다. 어떻게 해야 현재의 부처가 돼 살아갈 수 있느냐고? 지금 이 순간 추위나 더위를 인식하는 그놈이 부처다. 그대의 머릿속을 지우고 가슴을 환히 드러나도록 해 보라. 마침내 그 가슴마저 지워진 뒤, 그대의 본질이 몰록, 하늘과 합일合一 할 때까지.

*

병 속의 새

육긍이라는 벼슬아치가 남전 선사의 소문을 듣고 그를 시험하기 위해 이런 질문을 던졌다.

"어떤 사람이 병 속에 새를 키우고 있었습니다. 새가 너무 자라서 그만 병 속에 갇히고 말았습니다. 병도 깨지 않고 새도 다치지 않은 채 새를 꺼내실 수 있겠습니까?"

말이 끝나기도 전에 선사가 "육긍!" 하고 불렀다.

육긍이 얼떨결에 "예!" 하고 대답했다.

선사는 빙그레 웃으며

"갇혀 있다더니 이렇게 나왔지 않소."

스스로 만든 관념의 덫을 일깨워 주는 '병 속의 새'라는 유명한 선화. 그대는 지금 어디에 갇혀 있는가?

오랫동안 중풍을 앓아 전신이 마비된 사람이 있었다. 그는 다른 사람의 도움 없이는 밥숟갈도 제대로 들지 못하는 환자였다. 그러던 어느 날 집에 불이 났다. 다른 사람은 모두 빠져나갔지만 그는 빠져나갈 수가 없었다. 불길이 점점 거세어져 극도로 다급한 상황이 되자 그는 문득 자신이 환자라는 것을 잊었다. 그러고는 쏜살같이 집 밖으로 뛰쳐나왔다. 그 모습을 보고 사람들은 기겁을 하며 소리를 시르고 말았다.

"세상에 중풍 환자가 이렇게 달려 나올 수가 있다니!"

그 소리를 듣는 순간 그는 환자라는 기억이 되살아나 그 자리에 쓰러져 버리고 말았다. 도처에서 벌어지고 있는 일.

일본에서는 이런 일이 있었다. 14층의 아파트에서 사는 여인이 세 살짜리 아이가 잠든 사이 잠깐 시장을 보러 나왔다. 서둘러 볼 일을 마친 뒤 아파트 광장에 들어서던 여인은 비명을 지르고 말았다. 어느새 잠에서 깨어나 아이가 아파트 베란다 난간을 기어 올라 14층에서 아래로 떨어져 내리는 것이었다. 순간적으로 그녀는 십여 미터나 되는 거리를 쏜살같이 달려 나가 아이를 사뿐히 안아 들었다. 평범한 여인으로 되돌아온 그녀가 인터뷰에서 어리둥절한 표정으로 하는 말.

"내가 그런 일을 해냈다는 것이 도저히 믿어지지 않아요. 어떻게 그런 일이 가능했죠?"

방송사에서 조사한 결과에 의하면 그 높이에서 추락하는 무게와 거리를 계산해볼 때 그 일은 인간의 능력으로는 도저히 불가능하다는 것. 순간적인 의식의 기어 변속이 빚어낸 인간의 무한한 능력.

어떤 심리학자가 닭을 상대로 이런 실험을 했다. 시늉만으로 닭의 발목을 기둥에 매 놓고 그 닭이 보는 앞에 굵게 흰 선을 그어 놓았다. 그랬더니 놀랍게도 그 닭은 아무 곳에도 묶여 있지 않건만 자신의 앞에 그어진 그 선을 넘어서지 못하는 것이었다. 우리는 지금 모두 어떤 의식에 갇혀 있는가?

작년 말 영국의 한 경제잡지에 한국을 비웃는 이런 조크가 실렸다. 일본 사람, 북한 사람, 남한 사람 이렇게 셋이서 한 식당에 갔다. 그리고는 삼 인분의 고기를 시켰다. 그때 주인이 나와서 고기가 다 떨어져서 미안하다고 말했다. 그러나 세 사람은 모두 주인의 그 말이 무슨 뜻인지 알아듣지 못했다. 이유인즉, 상술에 뛰어난 일본인은 가게에 물건이 떨어졌다는 말을 이해할 수 없었고, 가난한 북한인은 고기라는 말을 이해할 수 없었으며 부도덕한 남한인은 미안하다는 말을 이해할 수 없었기 때문이라는 것. 이는 경제 파탄에 이른 현 한국 정부의 부도덕성을 꼬집은 것이었지만 화를 낼 수만도 없는 상황.

교통법규를 어긴 이가 되려 화를 내는 국민들의 나라. 모두가 함께 나라를 망쳐놓고도 아무도 미안해하거나 반성할 줄 모르는 나라. 우리는 지금 모두 이런 부도덕한 집단의식에 갇혀 있는 것이다. 그렇지 아니한가? 도道와 덕德이, 행복의 방해물이라는 관념이 이 시대의 묵계가 되어 버린 것이 아닌가? 놀랍고 놀라운 일.

기차여행 중에 옆에 앉은 얼굴이 맑은 한 젊은이와 이런 대화를 나눈 적이 있다.

젊은이가 물었다.

"진리는 무엇입니까?"

"도와 덕이 진리입니다."

"그렇다면 도덕은 무엇입니까?"

"우주의 근본, 즉 우주심에 이르는 길이 도입니다. 그리고 그 우주심을 사용하는 것이 덕입니다."

"우주의 근본을 어떻게 알 수 있습니까?"

"나 자신의 근본을 알면 우주의 근본을 알 수 있습니다. 내가 바로 우주심에서 비롯되었기 때문이지요."

"나 자신을 어떻게 하면 알 수 있습니까?"

"선禪을 하면 쉽게 알 수 있습니다."

"선은 어떻게 하는 것입니까?"

"생각을 지우면 가을 물처럼 맑은 그 자리가 드러납니다. 그 자리를 깨닫는 것을'돈오'라 하고 드러난 그 자리를 살펴 근본에까지 이르러서 몰록, 나와 우주가 하나가 되는 것을 '돈수'라 합니다. 이곳에 이르면 우주의 모든 생명은 같은 곳에서 비롯되었다는 것을 깨닫는 겁니다. 그 순간 부도덕은 사라지지요. 누가 자신의 얼굴에 마구 침을 뱉는 사람이 있겠어요?"

목적지에 도착한 젊은이는 고개를 갸웃거리며 내렸다. 짧은 시간에 먹구름처럼 덮고 있는 머릿속의 관념을 벗어 버리기는 다소 어려웠으리라. 생각이 굳어져 관념을 만들고 이 세상은 그 굳어진 관념의 그릇 속일 수밖에 없는 것. 동시대의 사람들은 누구나 똑같은 관념의 프라이팬 속에 담겨서 들볶여질 수밖에 없는 것. 어떻게 해야 이 불타는 집에서 벗어날 수 있는가?

봉암사 선원에서 있었던 일화 하나. 안거가 끝날 즈음이면 집중이 느슨해진 틈을 타서 망상이 터진 구들장에서 연기 피어나듯 피어나기 마련이고, 그 망상을 따라가다 보면 엉뚱한 수좌들이 있기 마련. 출가 전에 교편을 잡았던 한 수좌가 선방에서 벌떡 일어서서 조실채로 뛰어 들어갔다. 비스듬히 자리에 기대어 있던 조실 스님이 몸을 세우며 물었다.

"무슨 일인고?"

수좌가 황급히 물었다.

"화두話頭라는 것이 말머리라는 뜻인데, 이 말머리는 바로 생각을 가리키는 것이 아닙니까?"

"생각을 가리키는 게 아니고 생각이 일어나는 곳을 가리키는 것이지."

"생각을 뜻하는 게 아니고 생각이 일어나는 곳이라고요? 그렇다면 생각이 일어나는 그곳을 어떻게 알 수 있습니까?"

"한 생각이라도 일으키면 그르치고 만다네. 생각이 일어나면 벌써 생각에 덮여서 그곳이 지워져 버리거든."

비로소 그 수좌는 자신이 생각의 망상에 끌려왔다는 것을 깨달았다.

화두話頭는 말머리를 가리키는 것이고, 말이 생각의 소산이라면 생각을 일으키는 바로 그곳, 바로 화두자리는 어디인가?

선禪의 시작은 석가모니 부처님이 꽃 한 송이를 문득 들어 보인 것에서부터 비롯되었고, 생각이 일어나면 그 자리는 곧바로 가려져 버리므로 그 자리를 직접 드러내 보여 주기 위해서 석가모니는 대중들 앞에 문득 꽃 한 송이를 들어 보였다. 의식을 또렷이 알고 있는 자는 꽃을 들어 보이는 그 자리를 확실히 이해할 수 있을 것이므로.

그러자 대중들 가운데 가섭만이 그 자리를 곧장 이해하여 빙긋이 웃어 주었다. 이른바 이심전심. 의식과 의식이 뒤엉켜 곧바로 마음과 마음이 오갔던 것이다.

이 최초의 선화에 이 시대의 선승들이 붙여 놓은 뛰어난 거량 하나.

한 수좌가 조실 스님께 물었다.

"가섭이 웃어 보인 의미는 무엇입니까?"

조실 스님이 답했다.

"비웃음이니라."

옆의 수좌가 다시 물었다.

"석가모니 부처님이 꽃을 들어 보인 뜻은 뭡니까?"

조실 스님이 답했다.

"똥 위에 똥을 눈 격이지."

무슨 뜻인가? 내 안의 부처를 보면 애들 장난처럼 싱겁고 모르면 혼란에 혼란을 수십 번 더해놓은 격.

나는 또 나대로 부처 똥 옆에서 이런 노래나 불러볼까?

'거스르지 말자는 건 바람이었네 꽃이었네 할 일 없이 피고 질 뿐 지워지며 생생히 살아가네 돌아가네 동東 편편 나는 구름 서西 졸졸 흐르는 물 눈 속으로만 깃드는구나 지우듯 감아보면 바늘 하나 꽂을 틈 없고 기슭조차 없을 만큼 좁고도 넓은 자리 눈의 우물 내려가면 모든 것 그곳에서 돋았구나 어디선가 전 생애生涯를 조여 울음만으로 나는 새야 모양 없어 서러웁니? 이젠 새라고 불러주마 산은 푸르고 물은 흐를 뿐 바람도 없는데 공연히 물결 일으키고 취중醉中에 꽃 들어 보인 삭가釋迦여 시詩 겨운 줄 이미 알았으니 이제 그만 내려놓게 그 취태醉態 무거웁다 악!'

*

우리 가게에서는 싱싱한 과일 팝니다

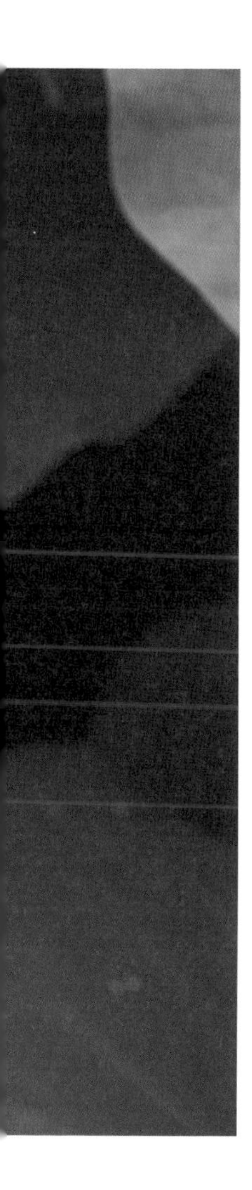

어느 과일 시장에 이런 간판이 내걸렸다.

'우리 가게에서는 싱싱한 과일 팝니다'

어느 행인이 힐끗 바라보더니 비웃었다.

"아니 싱싱하지 않은 과일을 파는 집도 있단 말이오?"

듣고 보니 맞는 말이었다. 주인은 '싱싱한'이라는 말을 지웠다.

이를 바라보던 행인이 이렇게 말했다.

"아니, '우리 가게'라니? 그럼 당신이 남의 가게에서 과일을 판단 말이오? 참 어처구니없는 사람이로군!"

맞는 말이었다.

얼굴을 붉히며 우리 가게라는 말을 지웠다.

이제 간판엔 '과일 팝니다'라는 말만 남았다.

지나가던 행인이 코웃음을 쳤다.

"아니, 과일 장수가 과일을 팔지 산단 말이오?"

어쩔 수 없이 주인은 '팝니다'를 지웠다.

이제 간판엔 과일이라는 말만 남았다.

이를 힐끗 바라보던 한 행인이 이렇게 비웃었다.

"아니, 과일가게에서 과일을 팔지, 무얼 판단 말이오? 참 싱거운 사람일세."

듣고 보니 맞는 말이었다. 이번엔 과일이라는 말조차 지웠다. 이제 간판은 텅 비어 있었다. 이를 바라보던 사람들이 깔깔대며 웃었다.

얼굴이 벌게진 주인은 빈 간판마저 내렸다.

선이란 이런 것. 삶이란 군더더기고 군더더기를 지우면 텅 빈 본질만 남는 것.

*

성인이 지옥에 가고
창녀가 극락에 들더라

한동네에 살던 성인과 창녀가 우연히 같은 시간에 죽었다. 어찌 된 일인지 창녀는 극락에 들고 성인은 지옥에 떨어졌다. 이를 이상하게 여긴 저승사자가 염라대왕께 물었다.

"무슨 착오가 생긴 게 아닐까요? 저 성인은 분명히 성스럽게 살았지 않습니까."

염라대왕이 대답했다.

"마음의 법칙에 착오란 있을 수 없지. 저 성인은 성스러운 생활을 하면서도 마음은 언제나 화려하고 자유롭게 사는 창녀를 부러워했고, 반면 창녀는 늘 환락 속에서 살면서도 마음은 언제나 성인을 부러워했다. 마음은 언제나 향하는 곳에 머물기 마련. 몸은 죽어 땅에 묻히고 마음만 하늘로 올라왔는데 그 마음이 지금 어디에 머물겠나?"

마음의 법칙은 명백한 것. 스승과 제자가 길을 가다가 갑자기 내린 비에 물이 불어난 내川를 만났다. 그곳에는 불어난 물을 건너지 못한 채 한 여인이 발을 동동거리고 있었다. 스승은 선뜻 등을 내밀어 그 여인을 건네주었다. 두 사람이 산길을 들어섰을 때 마침내 제자가 참지 못하고 불만을 털어놓았다.

"저에게 계율을 강요하시더니 스승님께서 오히려 그토록 쉽게 계율을 깨트리시다니요!"

제자를 힐끗 바라보던 스승이 말했다.

"나는 아까 냇가에 내려놓았건만 너는 아직도 그 여인을 업고 있었더냐?"

그 순간 스승과 제자의 마음은 각각 어디를 향하고 있었던 것일까?

어느 선원의 하안거 중에 있었던 유명한 일화 하나.

주위가 고요해야만 집중력이 강화되어 정진이 잘 된다고 유달리 강조하는 수좌가 있었다. 그해 하안거 중, 어느 날부턴가 오후가 되면 불쑥 자리를 박차고 선방을 빠져나갔다가는 해 질 무렵이면 지친 모습으로 돌아오곤 했다. 여름이 깊어갈수록 뛰쳐나가는 횟수가 잦아들자 분위기가 흐트러지는 것을 막기 위해 입승 스님은 서둘러 대중공사를 벌였다. 선방의 한가운데 그를 앉혀놓고는 대중 스님들이 빙 둘러앉은 다음, 조실 스님이 직접 질책을 했다.

"공부하는 선승이 안거 중에 선규를 어기고 수시로 자리를 비우는 이유는 무엇인고?"

그 수좌의 대답이 뜻밖이었다.

"대중 스님들의 정진 분위기를 돕기 위해 한낮이면 시끄럽게 울어대는 저 매미들을 잡으러 다녔습니다. 쨍쨍 고막을 울려대는 매미 울음소리 때문에 도무지 정진이 되어야지요."

전혀 예상 밖의 대답에 모두 파안대소할 수밖에 없었다. 조실 스님이 즉각 수좌의 병을 지적해준 뒤 벌을 내려 주었다.

"고요해야만 정진이 가능하다면 귀머거리들은 모두 부처를 이루었겠구나? 다른 수좌들은 아무도 매미 소리에 방해받지 않건만 왜 그대만 방해를 받았을꼬? 쯧쯧! 자신의 마음 깊은 곳 외에는 어디에도 고요한 곳은 없는 게야. 마음조차 깊지 못한 곳은 제법 소리가 요란하거늘, 하물며 마음 밖이야 오죽 하겠누. 쯧쯧, 그래서 마음이 어디를 향하고 있느냐가 중요한 게야. 그대는 밖으로만 돌아다니느라 자신의 마음 안에 있는 부처를 등한시한 죄로, 지금부터 사흘 동안 법당에서 그 부처에게 참회의 절을 올리도록!"

그대 마음은 지금 어디를 향하고 있는가?

중국의 유명한 선사 마조가 제자 백장과 함께 들길을 가고 있을 때였다. 인기척에 놀란 들오리 한 마리가 풀섶에서 푸드덕 날아올랐다. 마조가 백장에게 물었다.

"무언가?"

백장이 대답했다.

"들오리입니다."

마조가 다시 물었다.

"어디로 갔지?"

백장이 대답했다.

"저쪽을 멀리 날아갔습니다."

그 순간 마조가 곧장 백장의 코를 비틀었다.

"아얏!"

마조가 말해 주었다.

"날아갔다더니 여기 있지 않느냐!"

그 순간 백장은 곧장 자신 안의 부처를 깨달았다.

아무리 찾아봐도 마음의 바깥에는 부처가 없다. 자신의 마음 안으로 돌아오는 순간 온갖 신통과 묘용을 다 부리는 자신 안의 부처와 곧장 조우하게 되는 것. 그렇다면 부처란 무엇인가?

선禪의 초조初祖인 보리달마는 그의 선도론에서 이렇게 간곡히 이르고 있다.

"부처란 본래 범어梵語로써 그대의 의식을 이르는 말이다. 부르면 대답하고 반응하고 눈을 깜빡이며 손과 발을 움직이는 이 모든 것이 바로 그대의 의식이다. 그것은 기적과 같은 것이며 그것이 바로 마음이요, 우리의 본성이다. 그리고 그 본성이 곧 부처인 것이다."

이토록 자상히 일러 주건만 왜 그대는 자신의 본성을 깨닫지 못하는가? 그것은 바로 본체와 작용으로 나누어지는 마음의 이중성 때문. 우리는 마음의 본체인 의식에 묻어서 온갖 작용을 일으키는 생각을 우리의 마음이라고 착각하고 있다. 생각이란 언제나 바깥으로 향하기 마련이고 그 바깥에는 마음의 본성인 의식은 이미 없는 것. 생각이 일어나는 순간 생각을 일으키는 그 뿌리가 바로 의식이며 우리의 본성인 것이다. 그대는 왜 작용에 휘둘릴 뿐 그 본체는 깨닫지 못하는가? 생각을 일으키는 그 뿌리는 한 번도 들여다보지 않고 미치광이처럼 밖으로만 쫓아다니는가?

한 사내가 한쪽 어깨에 널빤지를 메고 가면서 내내 투덜거렸다.

"왜 이 마을의 풍경들은 절반밖에 안 보이는 거지? 이상하고 흉측한 마을 같으니라구."

이 어처구니없는 광경을 지켜보던 마을의 노인이 담뱃대로 사내가 어깨에 메고 있는 널빤지를 툭툭 건드리며 일러 주었다.

"이보게, 이상하고 흉측한 것은 이 널빤지에 가려있는 자네의 안목일세. 고집스레 메고 있는 널빤지를 내려놓고 이 환하고 아름다운 풍경들을 좀 바라보게나."

널빤지를 메고 가기 때문에 널빤지에 가려 반대편을 보지 못한다는 비유의 담판한擔板漢이라는 선화. 그대는 어떤 욕망의 작용에 가려 안목을 잃은 담판한인가?

욕망의 널빤지에 가린 담판한들을 위해 장자는 이런 아름다운 시구를 남기고 있다.

'基嗜欲深者 其天機淺'

욕망의 샘이 깊으면 천상의 샘이 말라간다.

부처와 중생의 차이란 욕망이라는 널빤지를 메고 있느냐, 내려놓았느냐의 차이일 뿐.

어깨에 메고 있는 무거운 욕망의 널빤지를 얻겠는가? 널빤지를 내려놓고 곧바로 부처를 이룬 뒤 우주심을 깨달아 우주의 주인이 되겠는가?

어떤 중이 조주 선사에게 자신의 깨달음을 으스대기 위해 이렇게 말했다.

"빈손으로 왔습니다."

그를 힐끗 바라본 뒤 조주는 간단히 일러 주었다.

"그럼 내려놓게나."

내심을 간파당한 그 중은 얼굴을 붉히며 이렇게 말했다.

"아무것도 안 가져왔는데요?"

조주는 어쩔 수 없다는 듯이 말해 주었다.

"그럼 계속 들고 있게나!"

모든 욕망을 내려놓았다는 생각마저 부처를 이루겠다는 욕망마저 버려야 하는 어려움.

마조 선사가 선방에 앉아 좌선에 열중하고 있을 때 그의 스승인 회양 선사가 다가와 물었다.

"무엇 하고 있느냐?"

"좌선을 하고 있습니다."

"무엇 하러 좌선을 하지?"

"부처가 되려고요."

그러자 회양 선사는 벽돌 하나를 집어 들고 문득 돌에다 갈아대기 시작했다.

마조가 물었다.

"무엇 하러 벽돌을 가십니까?"

회양이 대답했다.

"거울을 만들려고."

마조가 피식 웃으며 말했다.

"벽돌을 간다고 거울이 되겠습니까?"

회양이 비로소 되물었다.

"그렇다면 좌선만 한다고 부처가 되겠느냐?"

그제야 제정신이 든 마조가 스승에게 물었다.

"어떻게 해야 부처를 이룰 수 있지요?"

비로소 회양이 말해 주었다.

"수레를 끄는 것은 소인데 수레를 움직이게 하려면 수레에 채찍질을 해야 할까, 소에게 채찍질을 해야 할까?"

그 순간 마조는 자신의 어리석음을 깨달았다. 회양 선사가 다시 친절하게 덧붙여 주었다.

"선禪이란 앉거나 눕는 곳에 있는 것이 아니다. 죽은 불상처럼 그저 앉아만 있다면 그것은 오히려 자신 안의 부처를 죽이는 것이지."

수레를 움직이기 위해 수레에 채찍질하는 행위와 자신 안의 부처를 찾기 위해 허공을 움켜쥐는 행위는 같을까? 다를까?

혜장 선사가 사제인 지장에게 물었다.

"자네 허공을 잡을 줄 아는가?"

"잡을 수 있지요."

"어떻게?"

지장이 손으로 허공을 움켜잡는 시늉을 했다.

혜장이 사제를 비웃었다.

"그런 식으로 허공이 잡히겠는가?"

혜장이 물었다.

"사형은 어떻게 붙잡습니까?"

혜장이 지장의 코를 힘껏 잡아당겼다.

"아얏!"

비명을 지르자 혜장이 말했다.

"아주 잘 잡히는군."

허공이건 진공이건 인식되면 붙잡은 것이고, 인식하는 그 자리가 바로 그대의 본성이며 부처인 것.

허공의 꽃이 지고 나면 하늘의 뿌리는 피어나네. 이제 알겠는가?

*

산이건 물이건 그대로 두라

아자선방(亞字禪房)으로 유명한 지리산 화개의 칠불암에 어느 날 전라 감사가 방문했다. 맹렬히 수행하는 수행처라는 소문과는 달리 수행승들이 갖가지 형태로 졸고 있었다. 고개를 쳐들고 입을 헤 벌린 채 졸고 있는 중을 가리키며 감사가 물었다.

"지금 저 스님은 무엇을 하고 있소?"

안내를 맡은 중이 천연덕스레 대답했다.

"넋을 빼서 밤하늘의 별을 관찰하고 있는 중이지요."

이번에는 감사가 방귀를 뿡뿡뿡 뀌면서 졸고 있는 중을 가리키며 다시 물었다.

"그럼 저것은?"

"아, 그러니까 저것은 무명無名을 단숨에 부숴 버리는 행위가 아니겠습니까?"

어이가 없는 대답에 감사는 부아가 치밀었다.

이를 부득부득 갈면서 졸며 침을 흘리며 졸고 있는 중을 가리키며 다시 물었다.

"그렇다면 저것은?"

그러자 그 중이 다시 대답했다.

"아, 염불을 하면서 아미타불을 친견하고 있지 않습니까."

이번에는 좌우로 몸을 흔들며 졸고 있는 중을 가리키며 다시 물었다.

"그렇다면 저것은?"

"아, 저것은 바람에 흔들리는 버들가지처럼 그렇게 자연에 순응하는 것 아니겠습니까?"

마침내 감사는 화를 이기지 못하고 안내하는 중에게 버럭 소리를 질렀다.

"괘씸한지고! 그럼 좋다! 여기에 나무로 만든 말이 있다. 만약에 이 말을 타고 경내를 한 바퀴 돌고 오지 못하면 내 가만두지 않겠다. 어서 한 바퀴 돌고 오라!"

안내를 맡은 중이 얼른 나무 말을 타고 "이랴!" 하고 소리 지르자 나무 말이 순식간에 뛰기 시작했다. 감사는 탄복하며 자기 눈을 의심하고 말았다.

"아, 도력이 높은 스님네들이 수행하는 곳이라 다르긴 다르군요."

나무 말에서 내리며 그 중이 한마디 했다.

"남들이 대신해줄 수 없는 것이 수행이거늘 어련히들 알아서 수행하겠습니까?"

감사는 수행원을 시켜 더 잘 졸 수 있도록 아자방을 다시 단장해 주었다.

어느 선원에서 이런 일이 있었다.

맹렬히 수행했다고 자부하는 어느 수좌가 자신의 수행력을 가늠해 보기 위해 조실채에 입실했다. 수좌 앞에 조실 스님이 손가락을 하나 펼쳐 보였다.

"이것이 무엇이냐?"

"손가락이지요."

조실 스님이 즉각 그의 수행의 깊이를 일러 주었다.

"쯧쯧, 더 가라! 너에겐 아직 손가락이 아니다."

역시 맹렬히 수행했다고 자부하는 어느 수좌가 그 말을 듣고 자신의 수행력을 가늠해 보기 위해 조실채에 입실했다. 조실 스님이 역시 손가락을 하나 펼쳐 보이며 물었다.

"이것이 무엇이냐?"

"손가락이지요."

그러자 조실 스님이 즉각 수행력의 깊이를 알려 주었다.

"그렇지! 옳게 왔구먼, 산은 산이고 물은 물이지."

두 수좌 사이에는 무슨 차이가 있었던 것일까.

명준은 율장을 공부하다가 바닷가의 모래알을 세는 것처럼 부질없음을 깨닫고 취미선가를 찾아가 부지런히 선禪을 익혔다. 어느 날 명준이 취미 선사에게 물었다.

"어떤 것이 서쪽에서 오신 확실한 뜻입니까?"

취미 선사가 말했다.

"아무도 없을 때 말해 주리라."

명준이 한참 후에 말했다.

"이제 아무도 없으니 말해 주십시오."

선사가 대나무밭으로 손을 잡고 들어간 뒤 아무 말이 없었다. 명준이 다시 가르침을 재촉했다.

비로소 취미 선사가 대나무를 가리키며 말했다.

"보아라. 저것은 저렇게 길고 이것은 이렇게 짧구나!"

무엇이 길고 짧다는 것일까? 대나무의 길고 짧음을 구별하는 것은 무엇일까. 사대(地水火風)의 조합일 뿐인 눈眼이 구별하는 것일까.

한 중이 운문 선사에게 물었다.

"아무리 설법을 해도 장님은 볼 수가 없고 귀머거리는 들을 수가 없고 벙어리는 대답할 수가 없습니다. 이런 사람들을 어떻게 가르칠 수 있겠습니까?"

운문 선사가 말했다.

"알려 줄 테니 절을 하여라."

중이 다가오자 선사가 말했다.

"장님은 아니구나. 이리로 가까이 오라."

중이 다가오자 선사가 말했다.

"귀머거리도 아니구나. 그래 이제는 알겠느냐?"

"아직 모르겠습니다."

선사가 말해 주었다.

"벙어리도 아니지 않느냐. 모든 것이 환한데도 왜 불구 흉내를 내고 그러느냐?"

무엇이 환하다는 것일까?

부처. 즉 붓다(Buddha)는 의식意識이라는 뜻이다.

모든 것의 근원은 식識으로 이뤄져 있고 그 작용이 바로 마음이다. 그 식識이란, 맛도 모양도 냄새도 없는 것이지만 온갖 작용을 한다. 그 작용에 따라 허수아비처럼 춤을 추는 육신이 자신인 줄 착각하면서 중생들은 평생을 살아가는 것이다.

한 중이 그림을 그리는 사형을 찾아가 말했다.

"사형은 부처의 그림을 그렸다 하는데 제가 한번 볼 수 있겠습니까?"

사형은 문득 옷깃을 헤치며 가슴을 드러내 보였다. 그 모습을 본 사제가 절을 하려 하자 사형이 말했다.

"어허, 절을 하지 마. 절을 하지 마."

"사형. 착각하지 마십시오. 나는 사형께 절을 하는 것이 아닙니다."

사형이 말했다.

"아무렴, 부처의 모습에 절을 하는 것이겠지."

사제가 말했다.

"그런데 왜 저더러 절을 하지 말라는 것입니까?"

"언제 내가 틀렸다고 하던가?"

의식을 가리키며 의식을 통해 서로 간에 이심전심이 된 사형제는 한바탕 껄껄 웃고 말았다.

유정이며 무정이며 작용만 다를 뿐, 죽어 있는 것은 아무것도 없고, 살아있는 모든 것은 식識의 외현일 뿐, 그렇다면 그 식의 근본은 어디인가?

몸에 작용하는 식識, 즉 눈眼, 귀耳, 코鼻, 혀舌, 몸身에 작용하는 식은 전오식全五識이다. 그리고 이 전오식을 조합하여 계산하는 식이 바로 6식, 즉 의식이다. 이 6식이 바로 순수이성이다. 6식을 조합해 판단하고 행동하게 하는 식은 7식인 말나식이다. 이 부분이 바로 실천이성이며 인간에게만 부여된 자유의지다. 인간은 전 우주에서 인간에게만 부여된 이 자유의지를 사용해 자신의 영적 진화를 이루려고 스스로 우주의 학교인 지구를 선택해서 온 것이다. 그 시작이 바로 의식을 뚜렷이 인식하고 깊게 집중해 들어가는 일이다. 그것이 바로 선禪이다. 그리하여 8식인 아뢰야식을 거쳐 마침내 구경각인 9식에 이르면 부처가 되는 것이다. 9식인 암마라식이 바로 부처의 의식이다. 모든 것이 텅 비어 버린 채 빛으로 꽉 차 있는 공간, 우주심과 일치돼 살아갈 수 있는 것이다. 우주심의 정곡에 몰록 꽂힌 뒤 부처가 되는 것이다.

대주가 마조 선사를 찾아왔다. 마조가 물었다.

"어디에서 왔는가?"

대주가 대답했다.

불법을 구하려고 왔습니다.

마조가 큰소리로 꾸짖었다.

"너 자신의 보물창고는 어디에 두고 무엇 하러 집을 떠나 헤매고 다니느냐?"

대주가 절을 올리고 나서 다시 물었다.

"어떤 것이 제 보물창고란 말입니까?"

"지금 내게 묻는 놈이 바로 보물창고지. 조금도 모자란 것이 없이 갖춰져 있어 마음대로 쓸 수 있는데 왜 밖에서 찾느냐?"

이 말에 대주는 퍼뜩 깨쳤다. 그리고는 자신도 모르게 덩실덩실

춤을 추었다.

의식이 없는 사람도 있는가? 파장의 작용만 다를 뿐, 즉 외현만 다를 뿐, 유정이며 무정이며 식識이 없는 것들도 있는가? 부처는 외형의 존재가 아니다. 형상의 근본을 이루는 에너지는 식識으로 이뤄져 있고 그것의 각각 다른 외현이 삼라만상이다. 두두물물이 화두라는 것은 바로 이런 뜻이며, 각기 다른 모습으로 흩어져 전체를 이룬다는 뜻이다. 어긋남 없이 전체가 부처인 것이다.

한 중이 선사에게 아침 문안을 드리려고 문을 열고 들어섰다. 선사가 말했다.

"그렇게 오는구나."

그 중이 절을 하려 하자 선사가 말했다.

"마치 사람 같구나."

그 중이 그 말을 듣고 그대로 멍하니 서 있자 선사가 말했다.

"마치 장승 같구나."

이 말을 듣고 그 중이 두 손을 비비며 어찌할 줄 모르자 선사가 말했다.

"마치 속인 같구나."

그 중이 서둘러 손을 모은 채 합장을 하자 선사가 말했다.

"마치 중 같구나."

그 중이 얼굴이 새빨개지자 선사가 말했다.

"마치 술에 취한 것 같구나."

그 중이 방문을 열고 밖으로 나가자 선사가 말했다.

"그렇게 가는구나."

*

쥐가 고양이 밥을 빼앗더라

머리 위의 낙엽에게 풀잎이 말했다.

"소란스러운 너 때문에 쉴 수가 없구나. 제발 나처럼 조용히 지낼 수가 없겠니? 이곳에 너만 없다면 정말 살기 좋으련만."

낙엽이 풀잎을 비웃으며 말했다.

"낮은 곳에서 태어나 낮은 곳에서 살면서 노래도 못 부르는 주제에 불평스레 원망하기는 원!"

겨울이 되자 낙엽은 썩어서 흙이 되었고 봄이 됐을 때는 풀잎이 돼 있었다. 이윽고 겨울이 되었을 때 풀잎이 낙엽에게 말했다.

"제발 소란 좀 그만 피울 수 없겠니? 너 때문에 도무지 쉴 수가 없구나. 이곳에 너만 없다면 살기 좋으련만."

자신의 얼굴에 침을 뱉는 이런 일들은 왜 일어나는 것일까.

평생을 섬의 우물 속에서만 산 개구리가 바다에서 표류해 온 다른 개구리를 만났다. 우물 안의 개구리가 물었다.

"어디에서 왔소?"

"바다에서 왔소."

"그 바다라는 곳이 내 우물만큼이나 넓소?"

표류해 온 개구리가 우물 안의 개구리를 비웃으며

"우물 따위와는 아예 비교할 수 없지!"

이번에는 우물 안의 개구리가 박장대소를 하며

"흥! 거짓말쟁이 같으니라고. 나는 지금껏 내 우물보다 넓은 곳을 보지 못했어. 제 몸 하나 눕힐 곳 없는 주제에 큰소리는."

이런 웃지 못할 일들은 바로 자신에 대한 무지에서 비롯되는 것이고 그 무지는 현재를 자신의 낙처樂處로 삼는 것에서 비롯되는 것.

믿는다는 것은 근본에 이르는 길에 도움이 되지 않는다. 스스로 살펴서 아는 것이 길을 가는 데 도움이 된다. 무작정 믿는 것은 맹목에 떨어지는 일이고 맹목이란 곧 무지의 구렁텅이에 빠지기 십상. 무지한 자들이 걷잡을 수 없이 용감하다는 것은 역사가 증명하는 일이며 역사란 무지한 자들이 일으킨 소란스러움의 기록인 것. 어떻게 해야 맹목의 구렁텅이에 떨어지지 않을 수 있는가?

현사(玄沙, 835-908) 선사의 문하에서 갓 계를 받은 한 중이 머리를 조아리며 선사에게 말했다.

"저는 천신만고 끝에 이렇게 선문禪門에 들어왔습니다. 이제 생사를 벗어날 수 있는 그 길을 가르쳐 주십시오."

선사가 되물었다.

"저 골짜기의 물 흐르는 소리는 들리느냐?"

"예. 들립니다."

그 중이 대답하자 선사가 자세히 일러 주었다.

"그 물소리를 따라가거라."

이 명백한 가르침. 선禪이란 관념이나 논리를 벗어난 실체적인 길이다. 물소리를 듣는 것은 육신에 깃든 의식意識일 것이고 바로 그 식 識을 보는 순간 의식의 자락을 붙들게 되는 것이다. 그리고는 그 식識의 끝까지 따라가 보면 허공처럼 텅 비어있으면서 생명감으로 꽉 차 있는, 무어라 이름 붙일 수 없는 오묘한 우주의 근본 자리를 만나게 되는 것이다. 이른바 진공묘유眞空妙有의 자리.

할喝을 유난히 잘 써서 선의 검객으로 알려진 임제 선사가 어느 날 법상에 오른 뒤 이렇게 말했다.

"새빨간 몸뚱이에 차별 없는 참사람이 하나 있어. 그대들의 눈, 코, 귀, 입으로 늘 드나든다. 아직 보지 못한 사람이 있거든 나와 보아라."

그러자 어떤 중이 앞으로 나서며 물었다.

"차별 없는 참사람이란 게 도대체 무엇입니까?"

선사는 대번에 법상에서 내려와 그의 멱살을 움켜쥐고 다그쳤다.

"말해 봐! 어서 말해 보라니까!"

선사에게 붙들린 그 중이 어물어물 뭐라고 대꾸하려는 순간 선사는 그를 확 밀쳐 버리며

"흥! 차별 없는 참사람이라니. 이 무슨 마른 똥 막대기냐?"

깨달으면 움켜쥔 듯 명백하고 모르면 노인들의 망령으로나 보일 수밖에 없는 일.

육신을 드나드는 차별 없는 참사람이란 바로 생명의 근본인 식識을 가르치는 것이고 바로 그 근본 자리는 생각이 일어나는 순간 생각에 덮여서 마른 똥 막대기가 돼 버리는 것.

중국의 유명한 시인 백락천의 스승이었던 유관 선사에게 어떤 중이 조주 스님의 무無자 화두를 디밀어 보았다.

"개에게도 불성이 있습니까?"

선사가 대답했다.

"있지."

그 중이 다시 물었다.

"스님도 있습니까?"

선사가 답했다.

"나는 없어."

"모든 중생이 다 불성이 있는데, 왜 스님만 없으십니까?"

"나는 중생이 아니니까."

"중생이 아니면 부처입니까?"

"부처도 아니야."

"그럼 무슨 물건입니까?"

"물건도 아니지."

선사들의 모든 말과 뜻은 날랜 화살촉처럼 언제나 생명의 근본 자리인 바로 그 진공의 자리만을 향하고 있다. 그곳이 바로 우주의 중심이기 때문. 그 오묘한 진공의 자리에 무슨 '있다, 없다, 물건이다'가 붙을 수 있겠는가?

어느 선원에서 있었던 스승과 제자 사이의 아름다운 법거량 하나.

포행하던 스승의 뒤를 따르던 제자가 갑자기 스승의 귀를 잡아당기며 속삭였다.

"스님. 지금 이곳이 어디인 줄 아시겠습니까?"

그러자 스승이 제자의 옆구리를 지팡이로 후려치며

"바로 이곳이지 않느냐."

제자가 옆구리를 움켜쥐며 이렇게 말했다.

"부처라는 것도 별것 아니군요."

그러자 스승이 제자의 귀를 잡아당긴 뒤 벽력같이 할喝을 하며

"네가 이 소리의 끝은 아느냐?"

갑자기 귀가 먹은 제자는 그 자리에 주저앉았다가 벌떡 일어선 뒤 스승에게 절을 하며

"아, 시작도 끝도 안팎도 텅텅 비어있군요."

"옳고 옳지! 일어난 곳이 무너진 곳이지."

이와 비슷한 선화가 작년 동안거 때 학림사 오등선원에서도 있었다. 조실 스님이 법상에 올라 잠시 묵연히 앉아 있다가 수좌들에게 이런 문제를 내던졌다.

"그중 한 사람은 부처의 지견을 얻었고, 그중 한 사람은 조사의 안목을 갖추었다. 또한 그중 한 사람은 부처의 지견도 조사의 안목도 싹 쓸어버리고 능히 아무것도 얻지 못한 자이니라. 이 세 사람 중에 필히 한 사람을 골라내어 스승으로 삼아야 할진대 대중은 어서 일러 보시지."

대중이 아무 말도 없자 주장자로 법상을 내려친 뒤,

"까마귀 팔에 털이 났느니라."

한마디 던지고는 법상에서 내려왔다.

왜 대중들은 안거를 지내고도 그 셋 중 바른 스승을 가려내지 못했을꼬? 납월납일 염라노자가 밥값을 추심할 때 쇠가죽이 무겁겠구

나. 쯧쯧, 셋 중 스승이 있었다면 없는 까마귀 팔에 털 따위가 났을까?

일본의 어떤 모임에 한국의 선사가 초청돼 법문을 하게 됐다. 그곳은 어느 빌딩의 9층 건물이었는데 법문 도중 갑자기 건물이 흔들리고 강한 진동이 일어나기 시작했다. 물건들이 미끄러져 내리고 순식간에 법회장은 아수라장이 돼 버렸다. 사람들은 혼비백산 달아나기 시작했다. 그러나 선사는 그 자리에 묵연히 앉아 있었다. 달아나던 사람들은 문득 부끄러운 생각이 들어 하나, 둘, 다시 자리로 돌아와 앉았다. 잠시 후 진동이 멎자 선사는 아무 일도 없었다는 듯이 법문을 이어가기 시작했다. 마침내 법문이 끝났을 때 한 사람이 상기된 얼굴로 일어서서 물었다.

"우리는 지진을 피해 달아나다가 스님의 모습을 보고 부끄러워 다시 돌아왔습니다. 스님은 어떻게 그렇게 앉아계실 수 있었던 겁니까?"

선사가 대답했다.

"나도 달아났습니다. 다만 다른 것은 당신들은 바깥으로 달아났던 것이고 나는 내 안으로 달아났던 것입니다. 내가 지금까지 당신들에게 설명해 주었던 바로 그 자리로 달아났던 것입니다. 텅 비어 있으면서 꽉 차 있는 그 자리에 무슨 지진 따위가 붙을 수 있겠습니까? 바로 나의 중심이자 우주의 중심인 곳이지요."

우주심의 정곡에 무심히 홀로 앉은 선사께 합장.

나는 나대로 또 이런 노래나 불러볼까.

'석가는 꽃 들어 보이고 임제는 소리 질렀으나 나는 시를 쓰네 그대는 밥을 짓네 신문新聞같은 세상, 신문에 취하기 싫어 심심해진 내 마음 더 이상 갈 곳 없을 때 슬긋 그 자리 밀어 보면 빙긋 웃고 있는 본래면목 마음의 뜨락, 꽃향기 새 울음 함께 얹혀도 무게는 없네 온갖 살림 세우고도 모양 없네 흔적 없네 웃지도 않았다 말하지는 마소 바람 불 때 펄럭이는 건 그대 옷깃 아닌가? 억!'

*

중심의 아름다움

전남 화순의 운주사에 있었던 일화.

어느 여름날 지나가던 한 중이 운주사의 와불 위에 올라가 늘어지게 낮잠을 잤다. 그 모습을 발견한 비구니가 주지 스님에게 고해바쳤다. 주지 스님이 몽둥이를 들고 달려와 그 중을 후려치며 소리쳤다.

"이 미친 중아! 감히 부처님의 얼굴 위에서 잠을 자다니!"

잠에서 깨어난 그 중이 투덜거렸다.

"아니, 부처님 아닌 곳이 어디 있수? 날마다 부처 위에서 먹고 자고 싸고 하는 주제에 낮잠 좀 잤기로서니 새삼스럽기는!"

"아니 이 미친 중이 무슨 헛소리야!"

몽둥이를 휘두르며 달려드는 주지의 서슬에 놀란 중이 냅다 달아나며 소리쳤다.

"쯧쯧! 불교의 근본은 선禪인 게야! 선이 무엇인지도 모른 채 주지 노릇이나 하는 주제에 큰소리는! 불쌍한 주지여, 단 오 분만이라도 그대의 안을 들여다보시게나. 부처님 손바닥 안 아닌 곳이 있는지!"

유명한 운주사의 일화가 말해 주듯 자신 안을 들여다볼 때 부처가 당당히 드러난다. 그렇다면 선이란 어떻게 하는 것인가?

봉암사 서암西庵 조실 스님은 선禪을 모르는 중생들을 위해 이렇게 자상히 일러 주고 있다.

"우리 중생들의 마음은 항시 생각이 흘러, 잠시도 멈추지 않습니다. 항상 찰나 찰나 흐르고 있는 마음은 우리가 상상할 수 없을 정도로 미세하게 흐르고 있습니다. 그래서 일념 동안에 구백 생멸을 한다고 할 정도입니다만, 사실 이런 말로는 절대 설명할 수 없을 정도로 복잡하고 미세하게 흐르고 있는 것이 중생의 마음이지요. 이렇게 강가에 물 흐르듯이 정처 없이 자꾸 흘러가는 그 마음이 희로애락, 길흉화복을 낳는 것이요, 일체 상념 속에서 헤매는 것을 몇 갈래로 구별하여 삼계육도 중생이라고 합니다. 따라서 그런 생각을 완전 쉬어 버리면 그 자리에 공공적적하고 불생불멸한 본래 마음자리가 빛나고 있거든요. 이 본래 마음자리를 찾는 것이 바로 선입니다."

선이란 우리의 본래 마음자리를 들여다보는 것. 그 공공적적한 마음을 깊게 깊게 들여다보게 되면 마침내 환하고도 텅 빈 전체의 마음에 도달하게 되는 것이다.

어떻게 들여다보아야 하는가?

의식의 구조를 알아두는 것이 도움이 된다. 삶과 죽음의 차이는 바로 이 의식이 있느냐 빠져나갔느냐의 차이에 있는 것. 이 의식을 유식학파에서는 9단계로 나누고 있고, 그것을 선가禪家에서는 인정하고 있다.

식물은 식識 그 자체만으로 돼 있고, 동물은 가장 기본적인 전오식 全五識을 가지고 있다. 눈·귀·코·혀·몸의 5가지 감각기관을 통해 알 수 있는 이른바 안식眼識·이식耳識·비식鼻識·설식舌識·신식身識이 그것. 그리고 그 작용은 색色·성聲·향香·미味·촉觸으로 나타난다.

이 전오식에 덧붙여 인간은 6식을 지니고 있다. 우리가 이른바 의식이라고 부르는 그것이다. 서양의 철학자 임마누엘 칸트는 전오식을 오성이라고 불렀고, 6식을 순수이성이라고 이름 붙였다. 그 이성(Reason)의 어원은 라틴어의 라티오(Ratio)이고 그 뜻은 단순히 계산한다(Calcutate)이다. 전오식을 통해 받아들인 감각의 체험을 계산하고 조합하고 추리할 수 있는 이 6식을 불가에서는 법法이라고 부른다.

이 6식의 작용을 통해 우리는 부처의 의식인 제9식, 암마라식에 도달할 수 있기 때문.

우주에 미만한 채 작용하고 있는 암마라식을 일러 부처의식이니, 하느님의 마음이니, 우주심이니 이름만 달리하여 부르고 있을 뿐이다.

어떻게 해야 부처의 의식에 도달할 수 있는가? 하느님의 마음과 만날 수 있는가?

먼저 자신의 내면을 들여다보아 제6식인 의식을 명료히 인식해야 된다. 의식이 없는 사람도 있는가? 그런데도 이토록 중요한 자신의 의식을 왜 인식하지 못하는 것일까. 그것은 의식의 작용인 생각. 즉 쉬지 않는 상념 때문이다. 중생들의 의식이란 공중에 매달린 외줄과 같아서 그 위에 얹힌 상념은 그대로 있으면 불안감을 느낄 수밖에 없는 것. 앞으로 나아가든지 뒤로 물러나든지 할 수밖에 없는 것이다. 어떻게 해야 이 의식의 외줄 위에 얹힌 상념을 멈출 수 있는가? 봉암사 조실 스님은 이토록 간명히 당부하신다.

“마음자리 찾는 화두법이란 앉고, 서고, 가고, 오고, 밥도 먹고,

옷도 입고, 웃기도 하고, 미워하기도 하고, 사랑하기도 하고, 괴로워하기도 하고, 즐거워하기도 하면서 온갖 분별을 다 하는 이것이 무엇인가 하고 의심하여, 그 의심이 콱 막히면서 은산철벽銀山鐵壁이 되도록 하는 것입니다. 그 핵심 된 주인공이 도대체 무엇인가 하고 더 나아갈 수 없는 곳까지 의심하는 것입니다. 남녀노소, 존비귀천의 차별 없이 누구나 평등한 그 의심 자리를 한 번에 응시해서 찾아낸다는 것이 아주 쉬운 일인데, 가장 가까운 곳에 있는 것을 모르고 바깥으로 헤매면서 찾아다니기 때문에 허송세월하는 것입니다."

화두를 의심해 들어가면 마침내 상념은 하나의 생각으로 통일이 되고 그 하나의 생각마저 더 나아갈 수 없는 곳까지 이르면 마침내 스르르 사라져 버리게 된다. 화두를 들면 일심이 되고 그 일심마저 불에 타듯 스르르 사라져 버린 뒤, 환한 자신의 의식이 마침내 소소영영하게 드러나는 것이다. 화두란 이처럼 더 나아갈 수 없는 은산철벽에 이르러 자신의 의식을 환히 드러나게 하는 도구인 것.

자신의 본질인 의식이 환히 드러난 뒤에는 어떻게 해야 하는가?

어떤 수좌가 스승인 현사 선사에게 물었다.

"이제 갓 선문禪門에 들어왔습니다. 마지막에 이르는 길을 가르쳐 주십시오."

선사가 제자의 경지를 다시 한번 확인해 보았다.

"저 골짜기에 흐르는 물소리가 들리느냐?"

"예. 들립니다."

선사가 비로소 자상하게 일러 주었다.

"그 물소리를 끝까지 따라가거라."

선사는 제자에게 물소리가 들리는 의식을 다시 한번 확인시킨 뒤, 그 물소리를 듣는 의식의 끝까지 따라가라고 구체적으로 일러준 것이다.

자신의 의식을 환하고 뚜렷이 인식한 뒤 그 의식의 끝까지 따라가면 어떻게 되는가? 이때의 경지를 당나라의 시인 왕유王維는 이렇게 읊고 있다.

물이 끝나는 곳까지 따라 올라가(行到水窮處)
앉아서 구름이 피어오르는 것을 보리라(坐看雲起時).

소소영영한 자신의 의식에 집중하다 보면 7식인 말나식을 지나고 8식인 아뢰야식을 거친 뒤, 마침내 백척간두인 이곳에서 혼신의 힘을 다하여 한 걸음 더 내디뎠을 때에야 비로소 부처의 의식에 도달하게 되는 것이다. 온갖 편견과 거짓 관념으로 뭉친 에고가 산산이 부서져 버린 뒤, 텅 비어있으면서도 온갖 것을 관장하는 이 진공묘유眞空妙有를 확실하게 체득하게 되는 것이다. 이른바 자신의 의식과 전체의식이 하나가 되는 내외명철의 경지를 만나게 되는 것이다.

어떤 선사는 왕유王維의 시구에 덧붙여 다시 이렇게 채찍질을 했다.

물이 끝나는 곳까지 따라가지 않으면(未能行到水窮處)
어찌 구름이 피어나는 것을 보리까(難解坐看雲起時).

어떤 철학 박사가 봉암사 조실 스님과의 대담에서 이런 질문을 했다.

"암마라식에 이르러 내외명철의 경지가 되면 구체적으로 무엇을 얻을 수 있습니까?"

조실 스님이 자세히 알려 주었다.

"전체의 마음인 우주심을 깨닫게 되면 개인의 에고Ego가 몰록, 사라져 버립니다. 아픔이란 에고에서 비롯되는 것인데 그 에고가 사라지면 고통도 사라집니다. 전체의 마음에 고통이란 존재하지 않는 것이고, 이곳에 이르러서야 비로소 지혜를 얻을 수 있습니다. 전체의 마음이 되어서 살펴보는 것을 흔히 통찰이라고 부르는데 통찰은 반드시 에고가 사라져 버렸을 때야 가능한 겁니다."

한 중이 운문 선사에게 물었다.

"나무가 시들고 낙엽이 질 때는 어떠합니까?"

운문 선사가 명료히 답해 주었다.

"가을바람에 전체가 당당히 드러나지."

당당히 드러나는 전체의 경지를 나는 나대로 이렇게 노래해볼까?

"오후 내내 물소리를 따라 걷다가 저녁 박명 사이로 물길이 문득 발을 들어 올리자 천지간에 홀연 나를 잃다."

*

부처에서 짐승까지 하나라네

근세의 걸출한 선승 경허는 어느 날 마을로 내려와 단청불사를 위한 시주를 외치고 다녔다. 경허의 우렁찬 목소리와 장대한 기골에 반한 마을 사람들은 자신의 복을 빌기 위해 너도, 나도 시주를 했다. 쌀과 돈이 넉넉해진 경허는 곧바로 마을의 주막으로 들어가 단청불사를 하기 시작했다. 반나절도 되기 전에 시주금은 금세 바닥이 나고 말았다. 소문을 듣고 달려온 제자가 경허에게 따져 물었다.

"부처를 팔아 시주금을 마련하고 그 시주금으로 술을 드시다니 이보다 더 큰 죄가 어디 있겠습니까?"

제자의 말에 개의치 않고 계속 술을 마시던 경허가 비틀거리며 주막을 나왔을 때는 석양 무렵이었다. 술기운으로 빨갛게 달아오른 얼굴을 노을에 비껴든 채 경허가 소리쳤다.

"이놈아, 이보다 더 잘된 단청불사를 보았느냐?"

제자도 부처가 무엇인지는 알았던 모양. 제자는 무릎을 치며 감탄을 했다.

"과연 멋진 단청불사로군요."

부처란 도대체 무엇인가?

경허가 머물던 천장사에 낙엽이 지고 이내 겨울이 찾아왔다. 며칠째 경허는 두문불출하고 있었다. 밥상을 들여가는 제자의 입을 통해 경내에는 이상한 소문이 떠돌고 있었다.

"큰스님께서 밤마다 마을 아낙을 끌어들여 통정을 한다네!"

경허가 한 달여를 계속 두문불출하자 소문에 시달리던 제자 만공은 마침내 방문을 열고 들어갔다. 소문대로 경허는 아낙과 한 이불

속에 들어 있었다. 그 이불을 젖히던 순간 만공은 소스라치게 놀라고 말았다. 경허와 함께 이불 속에서 뒹구는 여인은 입과 코가 문드러져서 얼굴 형체를 알아볼 수 없는 문둥이였던 것이다. 병이 옮아서 이미 경허의 몸에서도 피고름이 돋고 있었다. 만공이 여인에게서 겨우 경허를 떼어놓자 만공을 바라보며 경허가 한마디 했다.

"부처에서 짐승까지 내겐 모두가 하나라네."

다른 것은 흉내라도 내 볼 수 있었지만 도저히 그 경지만은 흉내 낼 수 없었다는 훗날 만공의 술회.

아랫마을에서 유교를 숭상하는 유생들이 경허를 초대했다. 경허를 시험하기 위해 불가에서 계율로 엄격히 금하는 파전을 부치고 잘 빚어진 동동주도 몇 독 내어놓았다. 경허는 유생들이 따라 주는 술잔을 비우고 파전을 우적우적 먹어댔다. 마침내 만취한 경허를 부축하며 만공이 한마디 비꼬았다.

"저는 술이 있으면 먹기도 하고 안 먹기도 합니다. 또 파전이 있더라도 별생각이 나지 않습니다."

만공을 힐끗 바라보던 경허가 한마디 했다.

"자네는 도가 매우 높군. 그런데 난 그렇지가 못하다네. 나는 술이 없으면 질 좋은 밀알을 구해다가 싹을 틔우고, 가꾸고, 그 밀을 베어 누룩을 만들고, 그 누룩으로 술을 빚어서 마시고, 마시고 또 마시겠네. 또 파전이 없으면 파 씨를 구해다가 거름을 주고 잘 가꾸어 파전을 부쳐 먹고, 먹고 또 먹겠네."

그 지독함에 만공은 할 말을 잊었다.

어느 날 경허와 만공이 함께 산길을 가고 있었다. 만공이 아득한 길을 헤아리며 푸념을 했다.

“다리가 이리도 무거운데 저 까마득한 산길을 어찌 넘을꼬!”

만공을 힐끗 바라보던 경허가 한마디 내던졌다.

“그래? 그렇담 내가 그 무거운 다리를 가뿐하게 해주지.”

불쑥 경허는 길옆의 목화밭으로 들어갔다.

목화밭에는 젊은 여인과 그 남편이 김을 메고 있었다. 경허는 느닷없이 목화밭으로 들어가 다짜고짜 그 여인에게 입을 맞추고 말았다. 그 순간 눈에 불이 일어난 그 여인의 남편은 앞에 놓인 낫자루를 집어 들고는 이 낯선 괴승들에게 달려들었다. 경허는 바랑을 덜렁거리며 순식간에 달아나기 시작했다. 경황 중에 만공도 젊은 남자의 낫자루를 피해 냅다 뛸 수밖에 없었다. 다급해진 그들은 순식간에 산마루를 뛰어넘고 말았다. 십 년 감수했다는 듯 한숨을 내쉬는 만공에게 경허가 물었다.

“아직도 다리가 무거운가?”

만공은 고개를 절레절레 흔들었다.

“무겁긴요. 목이 붙어 있는 것만도 다행이죠.”

그 멀던 산길을 순식간에 줄여 준 것은 무엇인가?

경허가 어느 날 자신의 어머니를 위해 법문을 한다며 천장사 경내에 사람들을 모이게 했다. 경내에 있는 사람들은 물론이고 마을 사람들까지 모여서 야단법석을 이루었다. 경허의 어머니도 옷을 곱게 차려입고 아들의 효심 어린 법문을 듣기 위해 단의 맨 앞에 곱게 앉았다. 청법게가 울려 퍼지고 사람들은 모두 경허 스님이 법상에 오르기를 고대하고 있었다. 그때 느닷없이 경허가 알몸으로 법상에 오르는 것이었다. 실오라기 하나 걸치지 않은 경허의 알몸을 바라본 사람들은 모두 혼비백산 기겁을 하며 달아나 버리고 말았다. 다시 법상 아래로 내려온 경허는 알몸으로 어머니 앞에 우뚝 섰다. 그는 큰 소리로 법문을 하기 시작했다.

"어머니, 저를 보십시오."

이 기가 막힌 상황에 당황한 어머니는 화를 벌컥 내며 법문이고 뭐고 방으로 들어가 버리고 말았다. 그러자 경허가 오히려 소리쳤다.

"내가 어렸을 때는 안아 주고, 쓸어 주고 하시더니 내가 무엇이 달라졌길래 어머니가 이제 와서 저러시다니!"

경허도 벌컥 화를 내며 방으로 들어가 버리고 말았다.

이것저것 싫증이 난 경허가 마을길을 걷고 있을 때였다. 아이들이 마을 어귀에 모여 놀고 있었다. 경허가 느닷없이 아이들을 불러 모은 뒤 주장자를 내어 주며 이런 제안을 했다.

"너희들이 몽둥이로 나를 한번 때려보련? 만약 너희들이 진짜 나를 때릴 수 있다면 내가 너희에게 돈을 주겠다."

돈을 준다는 말에 아이들은 신이 나서 경허를 마구 패기 시작했다. 마침내 경허의 몸에서는 피가 흘렀다. 경허는 막무가내로 외쳐댔다.

"허허허! 이놈들아! 너희들은 아무도 진짜 나를 때리지 못했어.

진짜 나를 때려야 돈을 준다니까!"

지독한 모습에 아이들은 꽁무니를 빼고 말았다.

경허는 어느 날 푸줏간에서 커다란 돼지를 한 마리 샀다. 그는 즉석에서 돼지를 도살한 뒤 등에 메었다. 돼지 생피가 승복을 적시며 전신에 뚝뚝 흘러내렸다. 그는 마을 뒷산의 공동묘지로 접어들었다. 그의 귀에 귀신의 소리들이 들려왔다.

"와, 저기 이상한 중이 우리가 제일 좋아하는 돼지고기를 메고 온다, 어서 가보자."

귀신들이 몰려오기 시작할 즈음, 공동묘지 한가운데 들어선 경허가 문득 화두를 들었다. 그가 금세 선정에 잠기고 삼매에 들자 공동묘지에서는 순식간에 소란스러움이 일기 시작했다.

"아니, 그 중이 어디로 사라져 버렸지? 정말 우리가 곡할 노릇이군!"

경허는 메고 있던 돼지고기를 귀신들에게 던져 주며 껄껄 웃으며 소리쳤다.

"내가 귀신을 속였도다. 허허! 이놈들아! 너희들이 생각을 말끔히 지워 버린 내 본래의 모습을 찾을 수 있을 줄 알았더냐?"

경허는 유유히 공동묘지를 빠져나오고 말았다.

귀신들에게조차 보이지 않는 본래의 모습이란 어떤 것일까?

이것저것 싫증이 난 경허는 마을에서 잠깐 눈이 맞은 적 있는 박 진사의 딸을 찾아갔다. 박 진사의 딸은 염전을 하는 부잣집으로 시집을 가서 살고 있었다. 그는 변장을 하고 그 집의 하인으로 들어가서 마침내 여인을 꼬여내서 통정을 하는 데 성공했다. 이 사실이 금세 소문이 나고 남편의 귀에까지 들어갔다. 남편은 하인들을 시켜 경허에게 뭇매를 가하고 경허가 기절을 하자, 죽은 줄 알고 소금창고에 던져 넣어 버렸다. 그는 사흘 만에 깨어나 소금창고에서 걸어 나왔다. 그는 섬을 빠져나오며 유유히 되뇌었다.

"죽음도 삶도 본래 없는 것이었군."

그는 마침내 승복도 벗어 던져 버리고 마을 서당에서 박난주라는 가명으로 훈장을 하며 살다가 아무도 모르는 곳에서 홀로 열반했다.

경허는 깨달음을 얻은 뒤 왜 그렇게 절망적인 막행막식을 했던 것일까? 그의 깨달음을 인가해줄 스승이 없었으며 깨달은 뒤에 닦아야 할 본격적인 수행법이 이미 끊겨 있었기 때문이다. 경허의 숱한 기행은 깨달은 자의 막행막식이 아니고, 길이 끊겨서 중간에 멈출 수밖에 없는 길 가는 자의 절망이었던 것이다. 몸부림이었던 것이다.

본래 바른 공부란 진공眞空을 묘유妙有 하는 것. 진공을 깨달은 뒤, 서산 스님 이후 끊겨 버린 묘유의 법을 찾아 그는 마침내 발광할 수밖에 없었던 것이다.

우주의 일 년은 129,600년이고 한 계절은 32,600년.

바야흐로 계절이 여름에서 가을로 접어들고 있다. 우주 가을의 시작인 1988년부터 그 끊긴 묘유의 법이 희미하게나마 이어지기 시작하고 있다. 오! 길 가는 자의 환희.

*

하늘에 있다면 새가
가장 먼저 갈 것이다

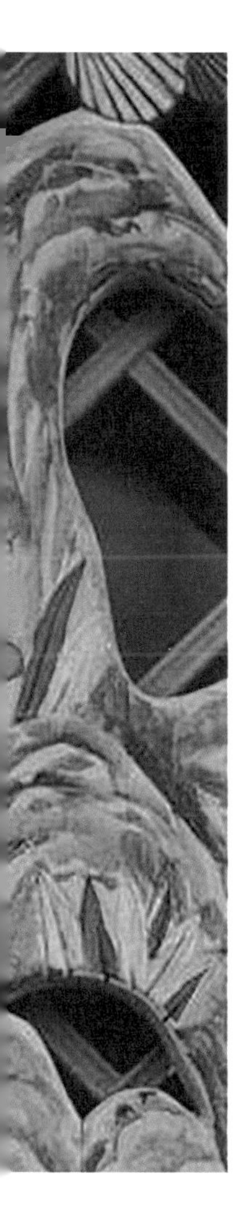

한 수행자가 있었다. 그는 인도며 티벳, 페르샤 등지를 떠돌며 갖가지 수행법을 익혔다. 그는 힌두교의 한 학파인 에세네(Esseenese) 학파에서 특히 집중훈련을 받았다. 에세네 학파는 선과 악은 모두 하나에서 비롯되었으며 진리 역시 하나에서 비롯되었고, 우리는 모두 그 하나에서 나왔으며 결국 그곳으로 돌아간다는 진리 학파였다.

그 하나는 과연 무엇인가? 그는 어느 날 마침내 깨달음을 얻었다. 그는 깨달음을 얻는 순간 이렇게 탄성을 내지를 수밖에 없었다.

"아! 그 하나는 빛이요, 사랑이었구나. 나 역시 그 한 조각 빛이며 사랑으로 이루어져 있었구나."

그는 그때부터 깨달음을 전하기 위해 자신의 고향으로 돌아온 뒤 곳곳을 떠돌아다녔다. 그가 어느 마을에 이르렀을 때 마을 사람들은 음행을 저지른 한 여인을 단죄하고 있었다. 그들은 여인에게 저마다 분노의 돌을 던지고 있었다. 어떤 여인은 참을 수 없다는 듯 돌을 쥔 손을 부르르 떨어 보이기까지 했다. 그때 그가 나서서 그 가증스러움의 보자기를 단박에 벗겨 주었다.

"너희들 중 죄 없는 자가 있거든 이 여인에게 돌을 던져라!"

그의 한마디에 가증스러움이 적나라하게 드러나 버린 사람들은 저마다 황급히 돌을 버리고 집으로 돌아갈 수밖에 없었다. 수행자는 남아있는 사람들에게 다시 이렇게 말했다.

"강간범, 살인자, 도둑, 이들은 그들의 행위가 밖으로 드러났거나, 들켜 버린 자들이다. 그러나 너희들은 그 행위를 마음속에 교묘히 숨기고 있거나 그 행위를 저질렀더라도 아직 발각되지 않은 자들일 뿐이다."

그렇지 아니한가?

그는 유대, 로마, 그리스 등지를 떠돌며 그가 깨달은 빛의 나라와 사랑의 진리를 전파하는 데 열중했다. 그는 마침내 영지주의(Gnosis) 학파 우두머리가 되었으며 그들이 주는 최고의'그리스도'라는 칭호를 받았다. 그러나 그는 호칭이나 학파 따위에는 전혀 얽매이지 않고 오직 그가 깨달은 진리를 전파하는 데 열중했다 그는 그를 따르는 무리들에게 이렇게 말해 주었다.

"만일 육신이 영혼을 위하여 존재한다면 그것은 하나의 기적이다. 그러나 만약 영혼이 육신을 위하여 존재한다면 그것은 기적 중의 기적이다. 어떻게 이 커다란 부가 이런 가난 속에 거주하는지 경이로움을 느낄 수밖에 없구나."

그가 말하는 커다란 부란 무엇인가? 영혼인가? 영혼이란 무엇인가?그를 따르는 무리들에게 이렇게 말해 주었다.

"그것은 마치 모든 씨앗 중에서 가장 작은 하나의 겨자씨 같은 것이다. 그것이 기름진 땅에 떨어지면 한 그루 큰 나무가 되어 하늘을 나는 온갖 새들의 보금자리가 된다."

하늘을 나는 온갖 새들의 보금자리가 된다는, 겨자씨만큼 작은 영혼이 떨어질 기름진 땅은 어디인가? 실제의 땅인가? 아니면 우리의 육신인가?

따르는 무리들이 다시 물었다.

"당신이 말하는 하느님의 나라는 어디입니까?"

그가 답해 주었다.

"하느님의 나라는 하늘에 있는 것이 아니다. 그것이 하늘에 있다면 새들이 가장 먼저 갈 것이다. 하느님의 나라는 바다에 있는 것이 아니다. 바다에 있다면 물고기가 가장 먼저 갈 것이다. 그곳은 너희들의 안에 있으며 동시에 밖에 있다. 너희가 그것을 깨닫는다면 너희들은 단박에 너희가 하느님의 아들임을 알 것이며 그것을 모른다면 영원히 가난하게 살아갈 수밖에 없을 것이다."

그리고 수행자는 다시 이렇게 말했다.

"너희가 너희 안에 있는 그것을 열매 맺게 한다면 너희가 열매 맺게 한 그것이 너희를 구할 것이다. 그러나 너희가 너희 안에서 그것을 하지 않으면 너희가 하지 않는 그것이 너희를 죽일 것이다."

어리둥절한 무리들에게 수행자는 다시 말을 이었다.

"그것을 그가 발견하면 그는 고통받을 것이다. 그리고 깜짝 놀랄 것이다. 그리하여 그는 전체를 다스릴 것이다. 이 말의 속뜻을 풀어낼 수 있는 자들은 누구든지 죽음을 맛보지 않을 것이다."

어느 날 힌두교의 고수인 한 장로와 그가 대화를 나누었다. 장로가 말했다.

"인간이란 우주의 경이입니다. 끝없는 윤회를 통해 미생물에서 인간까지, 그리고 신의 경지까지 진화해가는 과정이기 때문입니다."

그가 문득 이렇게 되물었다.

"당신은 미생물이었던 기억이 있습니까? 혹은 동물이었던 기억이 있습니까?"

잠시 기억을 뒤져본 장로가 정직하게 대답했다.

"없습니다."

그가 답해 주었다.

"모든 생물은 12개의 빛과 그 파장으로 되어 있습니다. 그 파장이란 우주의 법칙처럼 변하지 않는 것이죠. 인간은 인간으로만 윤회하여 자신의 영성을 끝없이 진화시킨 뒤 본래의 빛으로 되돌아갈 뿐 결코 다른 파장을 간섭할 수는 없는 것입니다. 인간은 미생물인 적도 없고 동물로 윤회할 수도 없습니다."

장로는 감탄할 수밖에 없었다.

"위대한 수행자여! 과연 맞는 말씀이십니다. 그러나 간혹 사람들 중에서 동물이었던 기억을 가진 사람들이 있잖습니까? 그렇다면 그것은 어떤 기억일까요?"

그가 답해 주었다.

"그것은 대단한 우주의 법칙에 속하는 것입니다. 인간이 어떤 생명이든지 그 생명의 고귀함을 모르면 반드시 그 대가를 치르게 됩니다. 사람들 중에서 생명의 고귀함을 모르고 동물을 학대하는 사람들이 있습니다. 이들에게 생명의 고귀함을 알게 하기 위하여 인간의 영靈인 채로 잠시 동물의 몸에 갇히는 경우인 것이지요. 그리하여 그 동물의 고통을 직접 느껴봄으로써 생명의 고귀함을 깨닫게 되는 것이지요. 모든 생명은 열두 개의 빛으로 이루어져 있으며 그 12가지 빛도 결국 하나의 빛에서 비롯되었습니다. 모든 생명은 결국 하나에서 비롯된 것입니다."

장로는 다시 감탄을 했다.

"위대한 수행자여, 과연 그러하겠습니다!"

그를 따르는 무리에게 어느 날 그는 이렇게 말했다.

"홀로 있는 자는 복이 있나니 그 사람은 스스로의 왕국을 발견할 것이기 때문이다. 너희들은 그곳에서 나와 다시 그곳으로 돌아갈 것이다. 사람들이 너희에게'어디에서 왔느냐?' 하고 물으면 이렇게 대답하라. 우리는 빛으로부터 왔으며 그 빛은 스스로를 통해서 생긴 것이다."

그가 그토록 외쳐대는 빛은 무엇인가? 사랑은 무엇인가?

그것은 우리들의 의식意識, 즉 식識을 말하는 것이다. 의식이 없는 사람도 있는가? 모든 생각을 지우고 의식에 집중하여 그 식識을 따라가 보면 마침내 텅 비어 버린 전체를 만나게 될 것이다. 언제나 우리의 안팎에 두루하고 있는 우주심과 만나게 될 것이다. 하느님의 마음을 반드시 만날 것이다.

선禪이란 바로 이런 것. 도道란 우주심과 우리의 마음을 일치시켜 마침내 전체가 되는 것.

수행자의 그러한 위대한 복음 때문에 곤란한 지경에 빠진 무리들이 생겼다. 제도권과 결탁하여 기득권을 형성하고 있던 거짓 수행자들이 모여서 회의를 했다.

"모든 군중이 우리에게서 등을 돌리고 있다. 마침내는 우리가 설 곳이 사라진다. 그를 제거하자!"

거짓 수행자들이 그들과 결탁하여 함께 권력을 누리고 있던 기득권 세력에게 그를 제거해줄 것을 명했다. 그를 붙들어 그에게 씌운 죄목은 '국가반란음모죄'였다. 그는 끊임없이 왕국(Kingdom)이라는'나라'에 대해서 이야기하였는데 그것을 빌미 삼아 그를 일종의 쿠데타 세력으로 몰아붙인 것이었다. 그를 재판하던 빌라도 총독이 마지막으로 그에게 물었다.

"네가 말하는 너희의 왕국은 어디에 있느냐?"

그가 대답했다.

"그곳은 어디에 있는 것이 아니다. 그것은 우리들 각자의 안에 있으며 또한 모든 곳에 있는 것이다."

그가 지상 위의 반란을 꿈꾸는 죄인이 아니라는 것을 간파한 빌라도가 다시 물었다.

"그렇다면 너는 누구인가?"

"나는 모든 것 위에 비치는 빛이다. 나는 전체이다. 모든 것은 나로부터 나왔고, 모든 것은 나에게로 돌아간다. 나무를 쪼개 보라. 거기에 내가 있다. 돌을 들추어 보라. 그러면 거기에서 너희는 나를 발견할 수 있을 것이다."

의식은 빛으로 되어 있고 모든 생명의 근본 또한 빛이다. 모든 자연과 생명은 곧바로 부처이며 하느님의 외현일 뿐이다. 모든 것은 우주심의 표상이다.

빌라도는 그가 누구임을 알고 나서 곧바로 두려움에 떨었다. 그러나 그는 역시 기득권을 형성하고 있는 제도권 안의 사람이었다. 그는 그를 처형할 수밖에 없었다.

사람의 아들이며 하느님의 아들인 예수. 스스로 자신이 누구임을 깨달은 예수는 이렇게 십자가에 못 박혀 원래 왔던 곳으로 되돌아갈 수밖에 없었다.

*

사과 모르는 사과 장수와 부처 모르는 부처는 같은가, 다른가

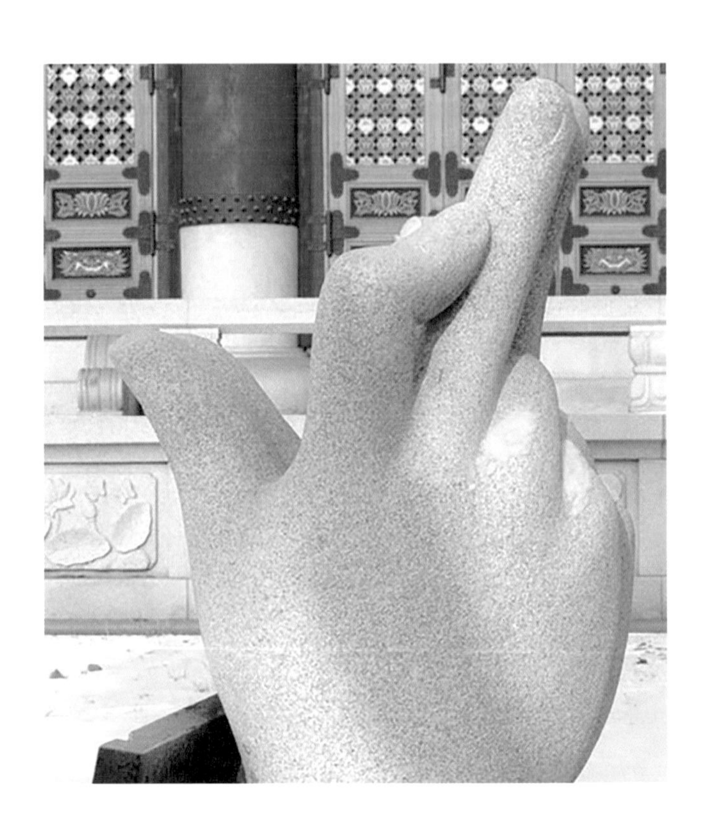

사과 모르는 사과 장수와 부처 모르는 부처는 같은가, 다른가

지리산 남원 산내마을, 구산선문의 하나였던 실상사에 가면'박달'이라는 이름의 강아지가 있다. 절 일을 도맡아 해주는 마을 처사의 어린 아들을 따라 놀러 왔는데 언제부터인가 마을로 돌아가지 않고 절을 좋아해서 아예 절집에서 살게 되었다. 그런데 절에 따로 개집이 있는 것도 아니어서 공부철이 바뀔 때마다 그때그때 자신을 귀여워해 주는 스님네를 주인으로 정해서 아예 그 스님네 방이나 방 주변에서 머물곤 했다. 그런데 이 박달 강아지는 석 달이나 육 개월에 한 번씩 심하게 몸살을 앓곤 한다. 본래 학인들이란 한곳에 오래 머무르는 법이 없기 때문에 주인이 떠날 때가 되면 몸살을 앓는 것이다. 전혀 기미를 드러내지 않건만 자신이 주인으로 삼은 학인이 떠날 때가 되면 아예 보름 전부터 밥도 먹지 않고 급격히 풀이 죽곤 했다.

도대체 이 강아지는 어떻게 자신의 주인이 떠날 것을 미리 알아채는 것일까.

이런 일이 있었다. 이번 철의 주인으로 삼은 학인이 공부 기간이 끝나서 떠날 채비를 하는데도 박달은 이번엔 아무런 기미도 보이지 않았다. 여느 때처럼 풀이 죽이 다른 스님네들께 자신의 주인이 돼달라고 아부하며 로비를 벌이지도 않았다. 여전히 명랑하게 스님네들을 잘 따르고 공양간도 드나들며 먹이를 얻어먹곤 하는 것이었다. 오히려 섭섭한 것은 박달을 돌보던 학인이었다.

"거참, 그놈이 나를 아예 주인 취급도 안 했던 모양일세 그랴. 내

저를 그토록 예뻐했건만."

그런데 그 학인이 떠나기 하루 전날이었다. 실상사 후원의 관리를 맡아 하던 법좌 소임의 스님이 자리를 비우게 돼 그 학인이 대신 소임을 맡아 떠날 수 없게 되고 만 것이었다. 비로소 학인들은 박달이 몸살을 앓지 않는 이유를 알았다. 모두들 감탄을 할 수밖에 없었다.

"허허, 그놈 참 영리하네. 어떻게 저 스님이 떠나지 못하게 될 것을 미리 알았지? 앞날을 내다보는 안목이 사람보다 더 낫네 그랴."

어떻게 동물이 그토록 정확히 앞날을 예견할 수 있는 것일까?

노벨의학상·생리학상을 수상한 오스트리아의 동물학자 '콘라트 로렌츠'는 동물도 사람을 알아보고 글씨를 읽을 수 있는지 실험을 했다. 자신을 따르는 개 한 마리를 칠판 앞에 앉혀놓고는 칠판에 미리 단어를 적어놓았다. 그리고는 그 단어와 자신이 들어 보이는 사물이 일치할 때는 "컹컹!" 하고 짖도록 훈련을 시켰다. 그 개는 한 번도 틀리지 않고 사물과 단어가 일치할 때면 정확히 짖어대는 것이었다. 오히려 실험하는 사람이 소홀해 사물과 단어가 바뀐 것까지도 개의 반응을 보고 알아차릴 수 있을 정도였다. 그래서 이번에는 주인이 모르는 물건과 단어까지도 알 수 있는지에 대해 시험해 보았다.

가령 실험자에게도 이름이 혼동되는 물건을 들고는 예상되는 단어를 여러 개 적은 다음 일일이 칠판의 단어들과 대조해 보는 방법이었다. 여러 가지 물건들을 반복 시험해 보았지만 그 영리한 개는 하나도 알아맞히지 못했다. 콘라트 로렌츠는 중요한 사실을 알아냈다. 그 실험 결과, 동물들은 주인의 머릿속을 미리 읽어낸 다음 답을 맞히는 것이었다. 시험하는 사람이 답을 모르면 그 개 역시 답을 알아낼 수 없었던 것.

한 식물학자는 '식물의 신비 생활'이라는 책에서 이런 실험을 밝히고 있다.

한 나무를 자르기 전에 그 나무의 반응을 보기 위해 나무에 거짓말 탐지기를 설치해 보았다. 그랬더니 그 나무에서 격렬한 반응이 일어나는 것이었다. 이번에는 자르지 않을 나무에 거짓말 탐지기를 설치해 보았다. 이번에는 전혀 반응이 일어나지 않았다. 다시 이번에는 거짓으로 자르는 척하며 연장들을 꺼내놓고 탐지기를 대보았다. 나무는 실험자의 마음을 정확히 읽어내고는 전혀 반응하지 않았다. 실험 결과, 모든 식물들은 대응만 못할 뿐, 상대편의 무의식까지도 정확히 읽어낸다는 것을 알 수 있었다.

동물과 식물들은 어떻게 상대편의 마음을 읽어낼 수 있는 것일까.

생명을 가진 모든 것들은 식識, 즉 흔히 불가에서 마음이라고 부르는 그 식識을 통해 텔레파시로 모든 것을 알 수 있는 것이다.

그렇다면 왜 인간만 그것이 불가능한 것일까.

여기에서 식識에 대해 알아볼 필요가 있다.

모든 식물은 식識 그 자체로 돼 있고, 동물들은 눈·코·귀·혀·몸, 즉 안眼·이耳·비鼻·설舌·신身, 전오식全五識으로 되어 있다. 그리고 인간은 전오식을 조합하고 구별하고 기억하여 계산해낼 수 있는 제6식인 의식意識을 가지고 있다. 6식인 의식을 통해 실천이성인 7식인 말나식에 이르러 행동할 수 있고, 8식인 아뢰야식을 거쳐 부처의 의식인 제9식, 암마라식에 도달할 수 있다. 암마라식이 바로 부처의 의식意識이다.

수행자들이 확실히 인식하고 맑히고 확산시켜서 도달해야 할 마음이란 바로 제9식인 암마라식인 것.

모든 식물 동물들은 텔레파시를 통하여 모르는 것이 없는데 인간만이 의식을 교통하지 못하고 홀로 우주의 미아가 되는 것은 제6식인 의식意識의 특성 때문.

전5식을 조합하고 구별하고 창조하여 나아가는 가운데 바로 인위가 생겨 버리기 때문이다. 너무 강하고 예민한 제6식의 특성 때문에 에고(ego)가 생기고 인간만의 문화가 생겨서 인위에 눈이 멀어 버리기 때문이다.

어떻게 해야 인위를 닦아낼 수 있느냐고? 에고를 벗어 버릴 수 있느냐고? 그리하여 우주와 교통할 수 있느냐고?

선禪의 초조初祖인 보리달마는 그의 선도론에서 이렇게 밝히고 있다.

"부처란 본래 범어梵語로서 그대의 의식을 가리키는 말이다. 반응하고 이해하고, 눈썹을 찡그리고, 눈을 깜빡이고, 손과 발을 움직이는 이 모든 것이 그대의 의식이다. 그것은 기적과 같다. 그리고 이 본성이 바로 마음이며 그 마음이 부처다. 그리고 이 부처가 바로 도

道며 선禪이다. 오직 본성을 보는 것만이 선禪이다.

그렇다. 6식을 통해 부처의 의식인 9식, 즉 암마라식에 이르게 되고 비로소 자신의 마음과 우주의 마음이 일치가 되는 것이다. 에고도 인위도 지워져 버리는 삼매를 알게 되는 것이다. 성명쌍수性命雙手 중에서 성性을 깨달아 비로소 본격적으로 하늘 사람의 길에 들어설 수 있는 열쇠를 얻어 쥐는 것이다. 신인합일의 길에 들게 되는 것. 부처가 되는 것.

어떻게 시작해야 하느냐고?

하루는 제자가 방 안에서 경전을 읽고 있는데 도응 선사가 창밖에서 그에게 물었다.

"지금 읽고 있는 것이 무슨 경전이냐?"

제자가 대답했다.

"유마경입니다."

선사가 다그쳤다.

"유마경을 말하는 게 아니라 읽는 주체인 그놈이 무엇이냔 말이다."

그 말 한마디에 제자는 퍼뜩 깨쳤다. 읽는 주체가 의식意識이고 그 의식의 본질이 바로 부처였던 것. 읽는 주체인 제자의 마음을 단숨에 가르쳐 준 스승과, 그 자리를 의심 없이 들여다본 제자께 합장.

너무 쉬워서 의심스럽다고?

삼 대째 가업을 이어받아 사과 농사를 짓는 농부가 있었다. 농부는 사과에 대해서는 자신만큼 아는 사람이 없다고 자부해 오고 있었다. 어느 날 어떤 나그네가 농부의 집에 찾아왔다. 등에 메고 있는 불룩한 자루를 내려놓으며 나그네가 농부에게 물었다.

"이 자루 안에 무엇이 담겨 있는지 맞혀 보시오."

자루를 툭툭 두들겨본 뒤 고개를 갸웃거리며 농부가 말했다.

"힌트를 주시오."

"사과 냄새가 나며 맛도 사과 맛이 나고 덜 익으면 푸른색을 띠고 읽으면 붉은색을 띠는 아주 맛있는 물건이오."

농부가 다시 물었다.

"분명 사과 맛이 나오?"

나그네가 흔쾌히 대답했다.

"그렇소. 분명 새콤하거나 달콤한 사과 맛이 나오."

농부가 말했다.

"아, 그렇다면 사과로 만든 과자 종류군요."

"흥, 사과에 대해서는 모르는 것이 없다더니 사과 그 자체는 아예 모르시는군."

나그네가 자루를 열자 우르르 사과가 쏟아져 나왔다.

지나치게 익숙하고 확실한 것은 믿지 않는 어리석음. 이 글을 읽고 있는 그대의 의식 또한 너무 확실하고 익숙해서 믿어지지 않는다네.

*

영혼의 인터뷰 1

전 조계종 종정 서암 스님

생명의 실상
한국 선禪의 본산- 문경 봉암사

세계에서 선禪이 살아있는 나라는 대한민국이 유일하다. 선은 수행의 우물터 같은 곳이다. '나는 누구이며 어디에서 와서 어디로 가는가. 그리하여 어떻게 살아야 하는가.'를 24시간 참구하는 것이 바로 선의 종지다. 이것을 모르고 수행을 한다는 것은 고양이가 알 낳기를 기다리는 것처럼 터무니없는 일이다. 대한민국을 도道의 나라로 꼽는 것도 살아있는 선禪이 융성하기 때문이다. 물론 일본과 중국에도 도道라는 것이 있다. 하지만 일본은 이론뿐이고 중국은 형식뿐이다. 도의 실체가 살아있는 곳은 대한민국이 유일하다. 그 도의 요람이 바로 문경 봉암사다. 봉암사를 살아있는 도의 터전으로 가꿨으며 수많은 후학들의 눈을 뜨게 해주신 서암 조실 스님에게 선禪의 뿌리와 핵심에 대해 듣는다. 조실 스님은 생명의 실상에 대해 자상히 법문해 주셨다.

대한 불교 조계종 제8대 종정을 역임하셨으며, 종립선원인 봉암사 서암 조실 스님은 불기 2547년 3월 29일 오전 7시 50분경 세수 87세(1917년생), 법납 68년으로 봉암사 염화실에서 입적했다.

입적 직전 옆에서 지켜보던 시자들이 물었다.

"스님께서 입적하시고 나서 사람들이 스님의 열반송을 물으면 어떻게 할까요?"

"나는 그런 거 없다."

"그래도 한평생 사시고 남기실 말씀이 없습니까?"

"할 말 없다."

"그래도 누가 물으면 뭐라고 답할까요?"

"달리 할 말이 없다. 정 누가 물으면 그 노장 그렇게 살다가 그렇게 갔다고 해라. 그게 내 열반송이다."

"계룡산 나한굴에서 나고 죽는 것이 없는 것을 깨달으셨다고 하는데 오도송은 읊으셨습니까?"

"나는 오도송인지 육도송인지 그런 거 없어."

이렇게 어떤 군더더기도 남기지 않고 스님은 평온히 눈을 감았다.

이 글은 스님 열반 후에 기억을 되살려 쓴 글이므로 영혼의 취재라 할 수 있겠다.

우리 인생이란 것이 백 년 인생 하나로 그치는 것이 아닙니다.

무시無始 이래로 영원히 흘러가는 생명체의 인생입니다.

그렇게 흘러가는 이 세상 모든 생명체가 병이 나고 잘살고 못사는 것은 전부 이 마음에 달린 것입니다.

예를 들어 모진 병이 들어 아무리 좋은 약을 먹는다고 해도 환자의 마음에 그 약을 먹고 낫지 않을 것이라는 의심이 가득하면 약효가 잘 안 납니다. 그런가 하면 약으로도 치료가 어렵다는 병에도 한 번 마음을 가다듬어 한 생각으로 낫는 이치도 있습니다.

지옥 중생은

'하루 동안 만 번의 삶과 죽음을 거듭한다 一日一夜 萬死萬生'

고 합니다.

그러면 만 번 죽고 만 번 사는데 무슨 약이 필요하겠는가 말입니다.

다 제가 지은 업력으로 일일일야에 만사만생인 것이지요.

우리가 이 세상에 나는 것도 전생의 업력으로 일어나고, 내 몸에 병이 생기는 것도 업에 따른 것입니다. 그러므로 그 업력에 끌어당기는 마음을 바로잡아서 이 병 일으킨 업력만 고쳐 버리면 병이 낫는 것이 당연하지요.

'일체유심조一切唯心造'라 해서 마음먹기 달렸다는 말이 이 뜻입니다. 이것이 바로 신비하고 오묘한 생명의 실상입니다.

우리는 생명을 기계처럼 보아 몸 어딘가에 조금만 이상이 있다고 느껴도 병원에 쫓아가면서도 자신의 정신세계를 돌아볼 줄은 모릅니다.

그러나 우리의 마음이란 사실 모든 것에 작용되고 있습니다. 화가 났을 때를 한번 생각해 보세요. 아무리 둔한 사람일지라도 성을 낸 얼굴을 좋아하는 사람은 없을 것입니다. 성내는 얼굴을 보면 대번 압니다.

그럼 무엇이 화를 낸 것입니까? 빛도 모양도 냄새도 없는, 바로 이 마음에서 성이 난 것이지요. 그런데 성을 내면 얼굴이 붉으락푸르락하고 입술이 벌벌 떨리게 되는 것은 다 생각이 움직여서 그렇습니다. 이러한 생각이 움직여서 이 몸에 그만한 파도를 일으켰다는 것이 증명되지요.

가령, 놀랬다고 합시다. 놀라면 눈이 동그래지고 눈썹이 뻣뻣해지지요. 그럼 놀라면 왜 이런 현상이 일어나는가? 이것이 얼마나 신기합니까?

또 우리가 기쁜 생각을 하고 있어도 금방 표시가 나고 상대방이 먼저 알아챕니다.

“저 사람 무슨 좋은 일이 있는가 봐, 얼굴에 쓰여 있는걸.”

또 무슨 걱정이 있어 우수가 서려 있으면,

“자네, 요새 근심이 있는 모양이지?” 하면서 곧 알아챕니다.

이것이 모두 마음을 따라 일어나는 것이며 또한 그것을 몸에 도장塗裝치고 삽니다. 그렇게 과거 다생에 걸쳐 착한 마음을 쓴 사람이라면 그 얼굴에 유덕함이 보입니다. 그래서 초면에도 인상이 좋음을 대번 느낄 수 있지요. 반면에 악덕을 지은 사람은 독해 보이고 마주 대하기조차 싫어집니다. 전생에 닦은 것이 몸에 도장을 쳐서 그 모습이 현재에 나타나기 때문이지요. 이런 것을 보더라도 우리의 위대한 마음의 작용이 얼마나 큰가가 증명이 되지 않습니까?

중병에 걸려서 기도하는 도중에 관세음보살이 나타나 아픈 곳을 만지니 병이 다 나았다고 하는 사람들의 경우도 그 관세음보살이 갑자기 하늘에서 내려온 것이 아닙니다. 자기 속의 관세음보살이 싹을 트고 나와 내 병을 고친 것이지, 어디 다른 바깥으로부터 온 것이 아닙니다.

이처럼 우리의 마음속에는 시방세계가 함축되어 있어요.

우리는 흔히 명산대찰을 찾아가서 기도를 해야 도를 깨친다고 생각들을 하는데 아주 모자라는 생각입니다. 태양 빛이 어디나 고루 비치듯 불심이 충분한 곳은 다 수행도량이 됩니다.

부처님이 안 계신 곳이 어디 있는지 생각해 보세요. 부처님이 어디 다른 성지에만 있다면 그 부처님을 어디다 쓰겠어요. 이 세상에 부처님 안 계신 곳은 하나도 없어요. 우리 마음이 어두워서 못 보고 못 찾을 뿐이지요.

아무리 성지에 가 있더라도 마음이 그곳에 없이 떠다니면 그곳은 시장바닥이요, 시장바닥에서도 마음을 가다듬으면 그곳이 바로 청정한 도량이 되고 성지가 되는 겁니다.

이러한 마음을 우리가 개척해서 쓰지 않고 사장死藏시켜 버리고 있어요. 이 법의 위대한 힘을 깨닫지 못하고 간직만 해 놓고 바깥으로 헤매어 몇 푼어치 안 되는 데에 쩔쩔매는 삶 또한 중생들의 세계입니다. 그러나 이 세상 만법이 전부 마음속에서 일어나는 원리를 알면 우리는 세상 천하의 갑부가 되는 것입니다.

그래서 이 마음 하나를 잘 쓰자는 것이 참선 수행의 목적이지요. 우리 삶이 그 마음을 잘 쓰지를 못해 늘 불안하고 불쾌한 것이지요. 이렇게 마음이 불안하고 불쾌하면 아무리 좋은 보약을 먹고 좋은 환경에서 백 년을 산다 해도 그 삶에는 사는 멋이 하나도 없습니다. 아무리 영양가 있는 음식도 마음이 괴로울 때 먹으면 살로 안 가고 오히려 독소로 변합니다.

그러나 우리가 마음 농사를 바로 지으면 설사 남이 세 끼 따뜻한 밥을 먹을 때 내가 하루 한 끼 죽을 먹더라도 가족끼리 서로 웃고 동조하며 원만하게 화합하여 사는 진리가 그 삶에서 나오는 겁니다. 이 마음이 그렇게 위대한 것입니다.

이렇듯 마음 따라 흘러가는 우리 인생에 있어서 행복의 기준은 어디에 있을까요?

김용사라는 절에 살던 어느 봉사 부부의 이야기를 들려 드리겠습니다.

비 오는 어느 날, 남자 봉사가 비를 피하여 들어간 곳에 마침 여자 봉사도 들어오게 되어 그 인연으로 부부가 되었고 아들을 낳았는데 다행히 아들은 눈동자가 둘이었어요. 그래서 이들 가족이 거리를 다닐 때 아버지는 어깨에 아이를 얹고, 어머니는 아버지가 들고 있는 지팡이를 잡고 뒤에서 쫓아갑니다.

아들은 "여기는 도랑이에요.", "여기로 가세요.", "저리로 가세요." 하며 부모의 눈이 되어 길을 갑니다.

그런데 한 일본 사람이 밥을 얻으러 온 이들을 보고서 아들 욕심을 냈습니다. 그래서 아들을 주면 두 내외가 편안히 먹을 수 있는 충분한 재산을 주겠다고 제의를 했어요. 그러나 두 내외는 모두 고개를 내저으며 안 된다고 했지요.

호의호식하며 잘사는 것만이 복이 아니며, 비록 문전걸식을 한다 해도 서로 도우며 화목하게 살고 이 아이 하나 키우는 데에 행복이 있음을 알았기 때문이지요.

그럼 행복의 기준을 어디에다 둘 것이냐? 외부 조건이 좋다고 해서 그 사람이 행복하게 산다고 할 수 없지요. 행복을 껍데기로 계산하려 한다면 어리석은 일입니다. 아무리 신체가 불완전하고 가난한 환경의 조건 속에서도 그 삶을 행복하게 사는 사람이 있고, 껍데기는 화려하고 행복하게 사는 것 같아도 불행하게 사는 사람이 있어요. 행복은 자기 마음속에서 현존하는 것이지요.

여기에서 마음의 위대성을 찾을 수 있지 않겠어요?

이런 생명의 실상을 잃어버리고

항상 바깥으로 물질계에서 헤매고

살기 때문에 불행을 자초하는 것입니다.

불교는 마음으로 참 행복을 건설하라고 합니다.

비록 금생에 좋은 조건에 있다 하더라도, 마음 하나 잘못 일으켜서 금방 눈 한 번 감아 버리면 지옥이나 육도 중생계에 헤매게 되는 이치를 바로 알아야 합니다.

부처님은 참다운 인생을 사는 길을 분명히 밝히셨습니다. 이러한 이치를 우리가 24시간 반영하는 공부를 해야 합니다. 그러니 우리는 그 가르침을 따라 위대한 생명의 실상을 살려서 밤낮으로 정진하며 살아야 합니다.

공부를 하면 어떠한 불행도 다 제거할 수 있어요. 제일 좋은 방법은 참선입니다. 일념정좌로 앉아서 '이 뭐고?' 하는 그 자리에는 어떠한 생각도 침투해 오지 못합니다.

어떻게 똑같은 위치에 똑같은 물건을 놓을 수 있겠습니까? 어느 하나를 밀어내든가 포개어지지 않는 이상, 같은 위치에 똑같은 물건을 놓을 수 있겠느냐는 말이지요.

망상 번뇌가 점령한 그 자리에는 공부의 힘이 들어가지 못하고, 공부를 하고 있는 자리에는 망상 번뇌가 침범하지 못해요. 이치가 그럴 것 아니에요? 그 둘은 서로 대치를 합니다. 공부를 안 하면 마구니가 점령하고 공부하면 마구니가 달아나 버립니다. 그러니까 한 생각 돌이킨 데서 내 인생이 근본적으로 달라진다는 것이 이 이론 아니겠어요?

공부를 놓치면 그 사람은 이미 생명이 끊어진 것과 다름이 없습니다. 왜 끊어지느냐 하면 지옥에 갈지 극락에 갈지 전혀 모르거든요. 공부를 하고 있으면 그 사람의 생명은 끊어지는 것이 아닙니다. 죽어도 그 정신 가지고 가게 되니 끊어짐이 없지요.

처음에는 공부가 잘되지 않고 끊기지만 계속 노력을 한다면 저절로 안 되려야 안 될 수 없습니다. 이처럼 계속 노력하여 이러한 법이 천하에 퍼진다면 모든 근심·걱정 하나 없게 되어 그야말로 정토가 이룩됨을 알고 모두 일념 정진하시길 바랍니다.

-서암 스님-

영혼의 인터뷰 2

전 조계종 종정 서암 스님

전 조계종 종정 서암 스님이 불기 2547년 3월 29일 오전 문경 봉암사에서 입적했다. 세수 87세 법납 68세. 서암 스님은 열반송을 묻자, "나는 그런 거 없다. 누가 물으면 그 노장 그렇게 살다 갔다 해라." 는 말만 남겼다.

불교는 곧 꿈 깨는 법

불교는 한마디로 어떤 가르침인가요?

"우리 중생계의 삶은 한낱'꿈'입니다. 우리 인생은 자나 깨나 꿈을 꾸고 있습니다. 꿈속에서는 아무리 밝게 따지고 하더라도 꿈 밖의 얘기는 되지 않습니다. 어디서 왔는지 어떻게 사는지 어디로 흘러갈 것인지 오리무중으로 왔다 갔다 하는 자기의 그런 인생을 자각하지 못하고 꿈속에서 헤매고 있습니다."

어떻게 살아야 꿈 깰 수 있나요?

"주체적인 삶을 살아야 합니다. 내가 행동하는 생활 하나하나는 모두 나 자신의 인생인 것입니다. 밥 먹는 것은 내 인생이고, 일하는 것은 남의 인생이 될 수는 없습니다.

돌이켜 생각해 보면 한바탕 꿈인데 그 꿈을 감지하는 놈은 변함없는 불생불멸不生不滅이요, 항상 현존목전現存目前에 있는 그 한 자리일 뿐입니다."

부처님 가르침 핵심은 무엇인가요?

"불교는 바로 꿈 깨는 공부입니다. 본시 여여부동한 시간과 공간에 상관없이 항존하는 자기 인생을 꿰뚫어 보라는 것이 부처님의 근본 가르침이지요."

다른 길로 빠지는 수좌들도 있다고 들었습니다.

"정진을 하다 보면 의식이 맑아지면서 몇백 리 밖에 누가 오는 것까지 그림처럼 환히 다 보이기도 하고, 지나간 일들이나 까맣게 잊었던 일들을 기억하기도 하며, 산중에 가만히 앉아서 미래의 일을 예측할 수도 있습니다. 언뜻 이러한 경계에 이르면 공부가 모두 끝나는 것으로 착각하게 되나 이를 경계해야 합니다.

공부는'이것이 무엇이길래….' 하고 끊임없이 의심하는 것입니다. 그것이 일심一心이 되고, 그 일심이 깊어져 무심이 되는 것이 공부의 요체입니다. 이때 알아지는 것이 진실한 공부는 아닙니다. 그것은 우리가 부산에서 서울로 올 때 보려고 하지 않아도 지나는 길에 대구나 수원을 보게 되는 것과 같은 것입니다. 서울은 아니지만 근사한 도시가 잠시 보이는 이것에 집착해서 내려 버리면 목적지를 잊고 미아가 되는 것이지요."

미아가 되지 않기 위해서 어떻게 해야 합니까?

"마음을 정리하면 천하의 누구도 엿볼 수 없고, 마음을 펼치면 희로애락을 다 해도 그 근본 마음을 아는 것이 깨달음의 세계요, 해탈의 세계입니다.

중요한 것은 몇 천만 년 전의 굴이나, 금방 만든 굴이나 불을 켜면 곧바로 밝아진다는 것입니다. 몇 천만 년 전의 굴이라고 해서 몇 달 동안 불을 밝혀야 밝아지는 것이 아닙니다. 아무리 모질고 독한 사람도 임종 시에 '나무아미타불' 한 번만 지극정성 불러도 서방정토 극락세계에 간다고 합니다. 순수한 세계는 순수한 마음으로 가는 것입니다."

참선에 대해 일러 주시지요.

"참선하는 방법은 간단합니다. 바닷가에 가서 모래알을 세듯이 복잡스러운 경구라든지 학설들을 종합해서 일생 동안 헤매고 따지는 것이 참선이 아닙니다. 우리는 누구나 앉으나 서나 항상 스스로 앉고 스스로 일어나는 자기의 부처를 항상 가지고 있습니다. 그 물건을 바로 응시해서 관찰한다며 어떻게 모를 리가 있겠습니까. 화두법은 '이것이 무엇이기에 앉고 서고, 가고 오고, 밥도 먹고, 옷도 입고, 울기도 하고, 웃기도 하고, 미워하기도 하고, 사랑하기도 하고, 괴로워하기도 하고, 즐거워하기도 하면서 온갖 분별을 다 하는 그 핵심 된 주인공이 도대체 무엇인가'하고 의심하는 것입니다."

깨닫지 못하고 중생으로 살아가는 원인이 무엇입니까?

"근본 자리가 무명無明에 가려져 깨닫지 못하는 것입니다. 육도 윤회의 굴레를 벗어나지 못하는 것입니다. 그 마음자리는 분명히 있어서, 언제 어디든지 누구나 열심히 참구한다면 만법을 포용하는 자기의 생명을 회복할 수 있습니다. 불자는 늘 이 참선 수행을 힘써 생활화해야 합니다."

마음자리는 어떤 모양인가요. 네모난가요, 공처럼 둥근가요?

"사람들이 자기 스스로 착각을 하여 둥근 허공이니, 네모난 허공이니 하지만 실제로 허공 자체는 네모나거나 둥글지 않습니다. 본래의 자기 마음자리는 한계가 없어 모양도 빛도 없는 대소장단大小長短 일체가 끊어진 자리입니다."

서암(西庵) 스님은 1917년 경북 안동군(現 안동시) 녹전면 구송리에서 태어나 1932년 예천 서악사로 출가했다.

1935년 문경 김용사에서 화산 스님을 은사로, 낙순 스님을 계사로 사미계를 수지한 스님은 김용사 강원에서 수학했으며 1937년에 금오 스님을 계사로 미구계와 보살계를 수지한다. 22세 되던 1938년에는 김용사 강원을 마치고 독학으로 니혼대학(日本大學) 종교학과에 입학해 공부하던 중 1940년 사형선고와 같은 폐결핵 말기라는 진단을 받고 귀국한다.

귀국 이듬해인 1941년에는'세상에서의 마지막 봉시'라는 생각으로 대창학원에서 학생들을 지도하기도 했다. 1944년 금강산 마하연에서의 하안거, 대승사 바위굴에서 성철 스님과 함께 동안거를 거쳐 1945년에는 대승사에서 청담, 성철 스님과 하안거를 했다.

1946년에는 계룡산 나한굴에서 단식하며 용맹정진 도중 삶과 죽음의 경계마저 한낱 공허함을 깨치고 덕숭산 정혜사로 들어가 만공스님의 회상에서 안거에 들었다. 1947년에는 해인사로 옮겨 경봉스님 회상에서 수행했으며 이후 지리산 칠불암, 광양 상백운암, 보길도 남은암에서 금오 스님을 모시고 정진했다.

1966년 도봉산 천축사에서 무문관 안거를 하는 등 제방선원 수행을 한 스님은 1970년 봉암사 조실로 추대됐으나 스스로 사임하고 선덕 소임을 자청하여 원적사를 오가며 구산선문의 하나인 희양산문의 선풍을 진작시킨다.

1975년에는 조계종 제10대 총무원장 소임을 2개월 동안 역임하기도 했으며 1979년 이후부터는 봉암사 조실로 계시면서 한국불교의 승풍을 바로잡고, 낙후된 가람을 새롭게 중창, 조계종 종립선원으로 기틀을 마련, 수많은 납자들을 제접했다.

1991년 조계종 원로회의 의장를 거쳐 1993년에는 제8대 조계종 종정으로 추대된다. 1994년 종정직과 봉암사 조실을 사임하고 거제도, 통영, 팔공산 등지를 거쳐 태백산 자락인 봉화에 무위정사를 지어 무위자적(無爲自適) 했다.

*

저 은산철벽銀山鐵壁을 깨트려라

天竺寺

비범한 사람이 있고서야 비범한 일이 있네. 선객들의 가슴에 불을 당기는 선가의 명구名句.

석가모니 부처님의 성도일을 여드레 앞둔 동짓달 그믐이면 제방의 선원에서는 산문을 걸어 잠그고 일제히 칠일간의 용맹정진에 돌입한다. 용맹정진이란 촌각도 등을 바닥에 대지 않은 채 하루 스물네 시간 청정히 깨어 오롯이 정진에 임하는 것. 비범한 일을 성취하기 위해 스스로 비범함에 도전하는 것이다.

십칠 세의 어린 나이로 용맹정진에 참여해 스스로 부처를 이룬 해안 대선사의 유명한 선화를 소개한다.

1920년 동짓달 그믐. 전남 장성 백양사에서 있었던 일.

당시 봉수라는 속명을 그대로 사용하고 있던 해안 스님은 17세의 나이로 학림에서 경전을 공부하던 학인이었다. 사중寺中에 머무는 이는 누구든 용맹정진에 참여할 수 있다는, 당시 주지 스님이던 만암 대종사의 귀띔을 받고 그는 학림에 머물던 4명의 학인과 함께 용맹정진에 참여하였다.

공교롭게도 그는 당시의 대선지식이었던 학명 조실 스님의 법문에 이어 찬조 연설을 하도록 조실 스님으로부터 직접 지시받았다. 그는 학림에서 들은 풍월대로 은산철벽銀山鐵壁에 대해 설법했다.

"등 뒤에는 성난 사자가 쫓아오고 있습니다. 길은 외줄기 다리로 이어져 있고 다리 끝에는 은산철벽이 가로막고 있습니다. 다리 밑에는 시퍼런 강물이 흐르고 그곳에는 악어 떼가 이를 드러낸 채 고깃

덩이가 떨어지기를 기다리고 있습니다. 좌역난左亦難, 우역난右亦難, 퇴부득退不得의 상태. 살아날 길은 오직 앞의 은산철벽을 뚫는 수밖에 없습니다. 용맹정진에 참여한 선객들의 처지도 이와 같아서 용맹정진 중 살아 돌아갈 수 있는 길은 오직 은산철벽을 뚫는 수밖에 없습니다."

결연한 설법을 마친 봉수학인은 곧바로 용맹정진에 들어갔다.

선방에 앉아서 가만히 생각해보니 아직 그에게는 참구해야 할 화두話頭가 없었다. 아침 공양이 끝난 뒤 곧바로 조실 스님을 찾아가 화두를 하나 내려달라고 간청하였다. 그의 말이 끝나기도 전에 내지르던 학명 조실 스님의 일갈.

"네가 어제 은산철벽을 뚫어야 살 수 있다고 그러지 않았느냐. 너에게 다른 화두는 필요 없다. 오직 은산철벽을 뚫어라. 그리고 날마다 조실채에 입실해서 내게 화두 점검을 받도록."

선방으로 돌아온 그는 오직 은산철벽을 뚫을 수밖에 없었다.

칼산이라 발을 디딜 수 없고 철벽이라 손이 들어가지를 않는데 어떻게 은산철벽을 뚫는단 말인가.

굶주린 개가 끓는 기름 솥을 핥을 수 없듯 은산철벽과 대치한 상태에서 하루가 순식간에 지나가 버렸다.

화두 점검을 받으러 조실채에 입실한 첫날, 조실 스님의 한마디가 준엄하게 떨어졌다.

"은산철벽은 뚫었느냐?"

그는 고개를 떨군 채 방바닥만 뚫어져라 바라보다 되돌아 나올 수밖에 없었다.

이틀째, 사흘째 되던 날도 꿀 먹은 벙어리가 되기는 마찬가지. 시간이 흐를수록 들어갈 때보다는 나올 때가 더 견디기 힘들었다. 마치 되돌아 나오는 뒤통수에 누군가 주먹질을 해대며 무언가를 마구 퍼붓는 것만 같았던 것이다.

나흘째 되던 날 등에 진땀을 흘리며 앉아있는 그에게 조실 스님의 예상 밖 활구가 떨어졌다.

“저쪽 방에 가서 걸레를 가져오너라.”

‘걸레가 필요한가 보구나.’ 생각하며 막힌 숨통이라도 트인 듯 조심스레 걸레를 가져왔다. 묵묵히 그 모습을 지켜보던 조실 스님은 다시

“걸레를 제자리에 갖다 놓아라.”

하는 것이었다. 무슨 뜻인가를 곰곰이 생각해보며 걸레를 제자리에 놓아두고 오는데 이번에는 조실 스님 입에서 벽력같은 호통이 떨어졌다.

“당장 나가!”

느닷없는 호통에 혼비백산한 그는 마루로 나와 기둥을 붙든 채 멍하니 서 있을 수밖에 없었다. 그런데 이번에는 방 안에서 지극히 부드러운 목소리가 들려오는 것이었다.

“봉수야!”

그 소리가 어찌나 반가웠던지 그는 얼른 달려가서 방문의 문고리를 잡아당겼다. 뜻밖에도 방문은 안에서 잠겨 있는 것이 아닌가. 그

순간 그의 가슴에는 무어라 형언할 수 없는 분하고 부끄러운 마음이 일어났다. 마치 옆에 있다면 칼로 찌르기라도 할 심정이었으며 무어라도 옆에 있다면 무너뜨려 버릴 것 같은 비통한 심정이었다.

모든 것은 은산철벽을 뚫어내지 못한 자신의 탓인 것을. 오직 은산철벽을 뚫어내는 길밖에 없다고 다짐한 그는 곧바로 선방으로 돌아와 혼신의 집중을 다하여 은산철벽을 뚫어가기 시작했다.

그날 석양 무렵, 그가 앉아있는 문 앞에서 지네 한 마리가 길을 찾아 이리저리 헤매고 있는 것이 눈에 들어왔다. '너도 나처럼 살길을 찾아 헤매는구나.' 다시 비통한 심정이 되었는데, 잠시 후 살펴보니 지네는 어디론가 빠져나가고 보이지 않았다. 문득'나도 은산철벽을 뚫어낼 수 있겠구나.'하는 생각이 불현듯 들었다. 그렇게 더욱더 맹렬히 은산철벽에 몰두하기 시작했는데 시간이 어떻게 지나갔는지도 모르게 지나갔고, 앉아서 잠깐잠깐 조는 사이, 꿈을 꾸면 꿈속에서도 생생히 은산철벽을 뚫고 있는 것이었다.

엿새째 되던 날. 저녁 공양을 알리는 목탁소리가 전에 없이 크게 들려오더니 목탁소리에 이어 종소리와 방선放禪을 알리는 죽비소리가 간격 없이 생생히 귓가에 떨어졌다.

그 순간 퍼뜩 정신이 서늘해지면서 무어라 형언할 수 없는 새로운 세계가 열리는 것이었다. 저녁 공양을 하려고 회승당에 들어섰을 때는 칠팔십 명의 대중들이 발우를 펴는 모습이라든가, 숟가락을 드는 모습, 발우를 씻는 광경 등이 딴 세계의 풍경처럼 새롭게 전개되었다. 마치 백억 년을 산 석가가 봄바람에 춤을 추는 듯한 대장관이

펼쳐지는 것이었다.

용맹정진의 마지막 날인 칠 일째 되는 날, 어서 날이 새기를 기다려 그동안 들어가기가 죽기보다 두려웠던 조실채에 단숨에 뛰어 들어갔고, 이렇게 대번에 소리를 질렀다.

"사람은 보지 못하였는데 목탁 치는 사람과 종 치는 사람과 죽비 치는 사람의 간격이 얼마나 됩니까?"

그의 얼굴을 힐끗 들여다보던 조실 스님이 넌지시 말했다.

"너 알았으면 일러보아라."

말이 떨어지기가 무섭게 큰소리로 외쳤다.

"봉비은산철벽외鳳飛銀山鐵壁外 올시다!"

조실 스님이 다시 물었다.

"철벽 안은 무엇이더냐?"

"이것이올시다."

"이것은 무엇이냐?"

"이것이올시다."

조실 스님이 손수 차를 한 잔 따라놓으며 말했다.

"손을 대지 말고 마셔라."

그가 즉시 말했다.

"맛이 매우 향기롭습니다."

그는 그 순간 무엇 하나 막히는 것이 없었고 팔만대장경이며 전등록의 천칠백 공안이 일시에 꿰뚫어져 버리는 것이었다.

조실 스님은 더 이상 묻지 않고 이렇게 말했다.

"이제 가서 불법적적대의佛法寂寂大意를 참구하라."

선방으로 돌아온 그는 이제 더 이상 참구할 것이 없어서 담담 적적히 앉아있을 뿐이었다.

용맹정진의 마지막 날, 그는 조실채에 가서 기다리고 있다가 정랑에 다녀오는 조실 스님이 들어오기를 기다려

"노한老漢이 사람을 속였도다."

큰소리로 외치고는 뛰쳐나와 버렸던 것이다.

그는 이런 게송을 읊었다.

탁명종락우죽비 鐸鳴鍾落又竹篦
봉비은산철벽외 鳳飛銀山鐵壁外
약인문아희소식 若人問我喜消息
회승당리만발공 會僧堂裡滿鉢拱

갖은 방편과 정성을 다하여 제자를 비범인으로 이끌어준 위대한 스승과 스승의 법 자락을 붙들어 단박에 비범한 경지를 일궈낸 의심 없는 제자.

두 아름다운 부처님께 머리 숙여 귀의.

*

도인시대 열린다

제3의 인류 탄생

인류는 제3의 신인류로 나아가기 직전의 진화단계에 있다. 신인류는 인간이면서 신神인, 도인道人을 말한다. 인간의식을 뛰어넘어 신의 의식을 지닌 사람이다. 인간·수도자·도인이 지구에 존재하는데 인간은 물질적 가치관, 수도자는 비물질적인 영적 가치관, 도인은 빛인 하늘에 가치관을 둔 사람이다.

인류 역사의 재발견은 한국의 상고사와 연결된다. 한인문명(한국)·한웅문명(신시배달국)·한검문명(고조선)의 실체가 드러난다.

현재는 한국 역사를 잊고 있다. 인류는 문명의 시원을 잊고 있다. 근원에 대한 기억을 상실하고 있다. 태초에 물려받은 동양정신문명은 사라졌다. 서양의 물질문명이 주도하면서 내면의 신성을 잊었다.

하늘의 기억이 되살아나면 인류의식 속에 묻힌 하늘문명이 되살아난다.

태초의 도법은 한국에서 배달국, 고조선과 그 후예인 고구려와 발해까지 이어져 오다가 발해가 멸망하면서 역사 속에 묻혔다. 이후 맥이 끊기지 않을 정도로만 극소수의 선인들에 의해 이어져 내려왔다. 태초의 도법, 즉 선도란 정精-기氣-신神의 원리에 따라 사람이 신神이 되는 법이다. 그러나 선천에는 수행을 한다 해도 신의 경지에는 이르지 못했다. 이제 후천 들어 완성의 도법이 다시 내려와 태초 선도의 맥이 복원됐다. 인간은 근본 자리인 신神의 자리에 오를 수 있게 됐다. 이 법은 지상문화의 시원이었던 태초도법이다. 세상의 조화와 완성을 이루게 할 궁극적 도맥道脈이다.

태초에 인간이 탄생한 후, 인간은 하늘의 도움을 받아 지상에 문화와 문명을 만든다. 그때가 한인시대다. 한인들은 태초시대에 하늘에서 직접 내려와 당시 원시 인류를 이끌었던, 실질적인 통치자들이었다. 이때는 하늘과 인간과 땅이 나뉘지 않고 일정 부분 서로 소통하며 공존하는 시대였다. 이때는 신명神命의 역사라고 해야 맞다.

한인들이 내려온 지역은 인류가 처음 생겨났던 대곤륜산이다. 이때 곤륜산은 대륙의 중심이었고 지구 북동방 지역에 위치했다. 대곤륜산 앞으로는 넓은 평야가 펼쳐져 있었고 인근에는 거대한 호수가 있었다. 그 호수가 바이칼 호수다. 지금은 당시의 모습이 사라지고 부분적 모습만 남아있다.

한인들이 출현한 뒤 일정한 시간이 지나자 한웅들이 뒤를 이었다. 빛의 존재가 직접 육화된 한인과 달리 한웅은 어머니의 자궁을 통해 내려온 존재이므로 한웅의 시대는 신명의 시대에서 인간의 시대로 넘어가는 과도기에 해당된다. 한웅들은 인간의 몸을 가지고 있지만 원래의 존재성은 하늘의 신명이었다. 그 시대 보통의 인간들에 비해 뛰어난 능력과 지혜를 지녀 하늘의 이치를 깨쳐 문명을 여는 것이 가능했다.

한웅들 중에는 한인시대의 활동영역을 벗어나 무리를 이끌고 곳곳으로 흩어진 이들이 있었다. 이 중 한인의 뜻을 고스란히 간직한 무리, 하늘이 문명과 문화를 가장 많이 이어받은 장자손이 바로 한민족(배달민족)이다.

한인의 본류가 빛을 좇아 동쪽으로 내려온 한웅에게 이어지면서 대곤륜산을 중심으로 이루어진 문명의 역사 너머로 봉인되었다. 부여된 씨앗의 역할을 다했기 때문이다.

한편 한웅은 한인의 문명을 토대로 본격적인 지상의 문화문명을 일으켰다. 이것이 동방문명이다. 이때부터 선천시대 초기 정신적 물질적 중심 역할을 하기 시작했다. 한웅을 따르던 무리는 하늘의 뜻이 시작된 동쪽을 다스린다는 뜻의 동이족東理族이라 불렸다. 이때가 신시배달국시대다.

인류의 본격적인 시작이라고 할 수 있는 선천시대의 개막은 한검시대부터다. 한검은 하늘의 뜻을 이어받아 고조선을 다스린 수장들이었다.

신명 중심의 태초를 거쳐 인간 중심의 선천을 지나 19988년 도인

중심의 후천이 열렸다.

후창세시대가 보인다. 태초가 신명의 역사고 선천은 인간의 역사며, 후천은 도인의 시대다. 후천은 창조된 존재의 본래 목적에 따라 조화와 완성을 이루는 시대다. 후천이 지나면 다시 우주의 겨울이 도래한다. 이때 기존의 모든 것이 한 차원 거듭나면서 새로운 창조가 시작된다. 전창세시대에 새로운 창조가 시작되었듯이 후창세시대에 또 다른 창조 역사가 시작되는 것이다. 전창세와 후창세는 형국이 비슷해 보이지만 그 내용은 완전히 다르다. 무엇이 다른가? 이 부분이 봉인돼 있다. 새로운 창조가 무엇을 의미하는지 알 방법은 후창세가 도래하는 것뿐이다. 그때가 오지 않으면 알 수 없는 것이 바로 후창세시대의 창조 역사다. 후천이 완성되고 후창세에 이르러야만 알 수 있는 것이 궁극의 창조 역사다. 그러나 전창세에서 후천까지 이어지는 역사의 전 과정이 후창세 역사의 토대가 된다는 사실이다.

전창세시대는 천지인을 창조한 역사시대다. 무한한 시간 속에서 하늘과 땅과 사람이 순차적으로 창조됐다. 하늘신의 창조 의지에 따라 11천이 열렸고, 그 안에서 대우주와 지구가 생겨났으며 마지막으로 인간이 창조되었다. 창조의 큰 축인 천지인이 만들어진 시대를 전창세시대라 한다. 우주의 겨울로 거대한 창조의 생명력이 내재된 시기다. 하늘신이 주도한 역사의 공간이다. 이름 붙인다면 한공桓空이다.

창조의 첫 번째 목적 스스로의 존재성과 존재가치의 인식

두 번째는 빛의 상승을 통한 거듭남

세 번째는 조화를 통해 나투어지는 아름다움

그렇다, 고유하기에 아름답게 어울릴 수 있다.

*

살아서 하늘에 오르는 법

선가禪家에서는 견성을 한 뒤 반드시 그것을 인가받고 뒤로 은밀히 닦는 법을 전하고 있다. 성품을 확실히 인식한 뒤 면밀히 성태性胎를 장량하여 출성태하는 것이 그것.

출성태, 즉 정精을 단전에서 연마하여 기氣를 이룬 뒤 다시 그것을 연마해 신神을 길러 양신陽神을 완성한 뒤 출태한다. 그리하여 하늘과 자유로이 교통할 수 있는 법을 익힌다.

그 법을 위하여 달마는 소림굴에서 9년을 면벽했으며 육조 혜능은 성품을 깨친 뒤 12년이나 뒤로 닦았다. 선가에서는 성과 명을 함께 완성하는 이 법을 '성명쌍수性命雙修', 혹은 '돈오점수頓悟漸修'라고 불렀으며 선가의 종지宗旨로 삼았다.

성명쌍수를 이뤄 천하에 도력을 떨쳐내던 서산 스님에게는 두 명의 탁월한 제자가 있었다. 편양 언기 스님과 유정 사명 스님.

어느 날 스승인 서산 스님의 가르침을 받아 선정을 닦던 언기는 확실히 성품을 대오했다. 그 순간 그는 죽음도 삶도 없으며 너와 나의 구별도 없으며 더 이상 닦을 것도 없는 경지를 단숨에 일구었다. 자신의 성품과 우주의 성품이 활연히 뒤섞이며 하나가 됐던 것.

마침내 스승인 서산 스님이 은밀히 뒤로 닦는 점수법을 전하려 했을 때 그는 단호히 거부를 했다.

"돈오頓悟 했으면 그걸로 끝이지, 무어 뒤로 닦을 게 있겠습니까. 내 마음이 천지의 마음인 이상 결단코 소승의 무리들처럼 단계에 따라 조금씩 뒤로 닦아 나가지는 않겠습니다."

서산 스님은 그 순간 가슴을 치며 탄식을 했다.

"오! 지금은 우주의 여름이라서 더위가 극성을 부리는 때인지라, 바른 법이 끊기는 때이구나. 아쉽구나, 하필이면 내 대代에서 바른 법이 끊기다니. 하지만 하늘의 이치가 그러하니 나로서도 어쩔 수 없는 일."

그 뒤로 서산 스님은 어쩔 수 없이 아직 견성을 하지 못했지만 그 중 수승한 제자인 사명에게 은밀히 뒤로 전하는 법을 전했다. 그리고 열반에 들 수밖에 없었다. 400여 년 전인 1604년의 일. 이후부터 불가에서는 이른바 '돈오점수법'이라 하여 확실히 인식하면 인가를 받는, 절반의 법이 내려올 수밖에 없었다. 또한 사명 스님의 법을 이어 민가로 내려온, 정精·기氣·신神을 연마해 도계를 드나들 수 있는 법마저 견성법을 수반하지 않아 마침내 끊겨 버리고 말았다.

단군 이래, 양신 출태해 하늘을 직접 드나들 수 있는 몇 명의 성인이 지상에는 있었다. 석가모니·예수·강증산 등이 바로 그들.

바야흐로 1988년을 기점으로 본격적인 우주의 가을로 접어들고 있다. 1988년부터 조금씩 전해지고 있는 '성명쌍수법'으로 인해 노력 여하에 따라 누구든지 하늘을 자유로이 교통할 수 있는 시대가 열린 것이다.

도道의 종주국인 대한민국에 이어지고 있는 성명쌍수법. 전설처럼 회자되던 우주의 가을이 본격적으로 시작되고 있다. 설레지 아니한가!

*

나는 생각한다 고로 존재하지 않는다

태극太極 수련법

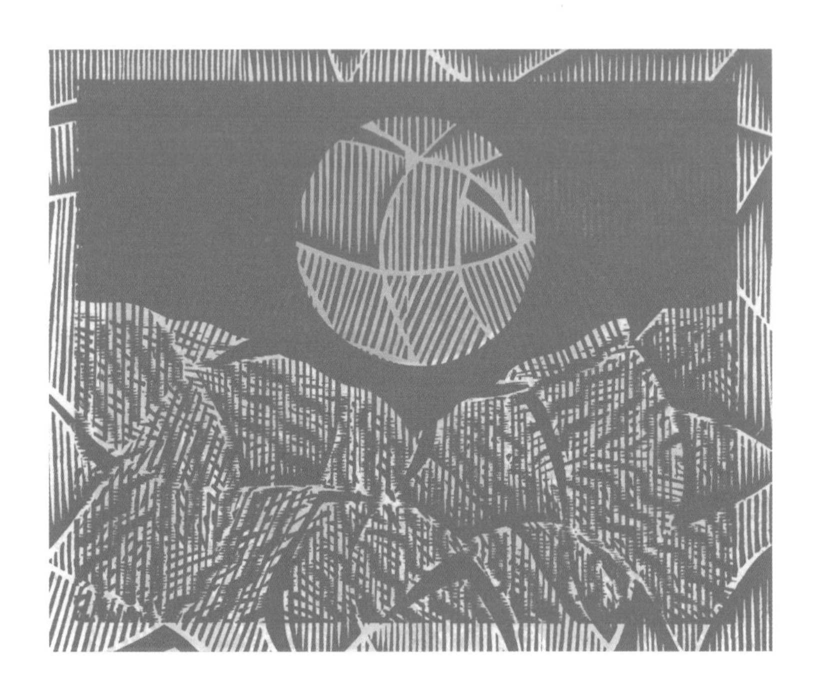

1. 서문序文

태극수련법이 세상에 나온 지 만 3년이 되었다. 태극수련법은 한당선생님의 전언傳言으로 완성된 후천시대 수련법이다.

태극은 창조의 빛과 태극 자체의 자유의지, 수련자의 의식과 의지로 구성돼 있다. 태극수련은 창조의 수련이다.

태극수련법을 만든 월요팀은 현재의 도화재 수련에 한계를 느끼고 새로운 도법을 찾아 나선 5명의 태극수련인들이다. 월요팀이 자연스럽게 모인 것이 2014년이었다. 당시 강한 음과 양의 기운을 갖춘 두 사람은 양신수련을, 나머지는 대주천·소주천·대맥 수련을 하고 있었다. 기운도 음陰·양陽·화火·수水·목木·금金·토土를 고루 갖추고 있었다. 태극을 만들기 위해서는 5가지 기운의 조합이 필요했는데 월요팀은 그 구성을 모두 갖추고 있었다. 자신들도 모르는 새 한당선생님의 부름에 의해 형성된 그룹이었고, 그 사실은 나중에야 알 수 있었다.

월요팀은 일주일에 한 번 정도 모이는 동아리 형식의 수련 모임이었다. 당시 이들은 양신수련의 한계를 뛰어넘을 수 있는 새로운 수련법을 모색하고 있었다. 그때 문득 한당선생님의 전언이 전해졌다. 월요팀 중 한 도반이 탁월한 영각자靈覺者였는데 한당선생님은 새로운 도법의 전수를 위해 이 도반의 영각靈覺 능력을 선택했다.

한당선생님은 매주 월요팀에게 태극수련법을 전했다. 이들은 전언대로 빈틈없이 시현했고, 하나하나 완성시켜 나갔다. 한당 선생님의 태극수련법은 이렇게 이 땅에 내려왔다.

태극수련은 나 자신과 자신의 미래를 바꿔 가는 미래형 수련이다. 자신의 모습을 변화시키고자 할 때는 구체적인 목표를 먼저 바꿔야 한다. 목표가 변화해야 정신적인 습관이나 태도도 변하기 때문이다

지금 인류는 제3의 신인류로 나아가는 진화단계에 와 있다. 신인류는 인간이면서 신神인, 도인道人을 말한다. 인간의 몸을 지니고 살면서 신의 의식을 지닌 사람이다. 이들은 하늘에 가치관을 둔 사람들이다.

바야흐로 하늘이 지상에 내려와 인간과 신이 함께 살아가는 시기가 도래했다. 그 문을 열어젖히는 열쇠가 바로 태극수련법이다. 태극수련법으로 인간과 신이 함께 진화해가는, 신인합일의 시대를 열어젖힌다.

2. 태극太極 기운 당기기

태극을 만들기 위해서는 우주의 모든 기운을 당길 줄 알아야 한다.

· 기운과 의식을 사용해 돔을 만들고 우주만큼 돔을 넓힌다.
· 음·양의 기운을 당긴다.
· 화·수·목·금·토의 기운을 당겨 오행수련을 한다.
· 산과 바다, 강 등 자연을 당겨 축소해서 몸 안에 넣는다.
· 모든 살아있는 것들의 기운을 구체적으로 당긴다.
· 소나무, 꽃 등 종류별로 당긴다.
· 흰색, 붉은색 꽃 등 색깔별로 당긴다.
· 하수오 등 약초를 뿌리째 혹은 부분별로 당긴다.
· 살아 움직이는 것들의 기운, 물고기 기운을 당긴다.
· 거북이 기운 등을 구체적으로 당긴다, 거북이가 살아서 눈앞으로다가오도록.
· 과거의 기운을 당긴다, 검은 시체가 둥둥 떠다니도록.
· 미래의 기운을 당긴다, 현실감 있게 눈앞에 펼쳐지도록.
· 희·로·애·락·애·오·욕 감정을 당긴다. 모든 기운의 끝에서 추출되는 도파민의 기운을 온몸으로 느껴본다.
· 당겨본 기운을 선별해 압축해서 몸 안에 집어넣는다, 기운이 16배가 될 때까지.

3. 의식이란 무엇인가

한 점으로부터의 출발

여기 칠판에 하나의 점을 찍습니다. 우리의 의식은 이 한 점에서부터 출발합니다.

우리는 이것을 무엇이라고 부릅니까?

당연히 점이라고 말해야겠지요.

맞습니다. 하지만 그 답은 일부만 맞습니다. 조금 더 답에 근접해본다면 칠판에 찍힌 점이라고 해야겠지요. 존재의 공간성이란 이런 것입니다.

이 글의 내용은 전체와 개체, 즉 존재성에 관한 것이니까, 시간성과 구체성 등에 관한 것은 제외하겠습니다. 즉 누가, 언제, 어떻게, 점을 찍었느냐 등은 거론치 않는다는 약속입니다.

그렇다면 이 작은 점의 존재성을 약간만 더 넓혀볼까요. 강의실에 세워진 칠판에 찍힌 점이라고 하면 어떨까요. 조금 더 정답에 가까워졌나요? 그리고 이 한 점을 바라보는 의식은 조금 더 넓어졌지요?

전오식全五識은 여기까지입니다.

이 강의실에 세워진 칠판에 찍힌 점. 우리의 감각기관으로 확인할 수 있는 실체적 부분입니다, 전오식全五識의 영역은.

전오식全五識이란 무엇인가요?

보고, 듣고, 냄새 맡고, 맛보고, 촉감하는…. 신체 부분이 확인할 수 있는, 오감五感인 감각작용의 신체적 기관의 작용입니다.

즉, 안眼·이耳·비鼻·설舌·신身의 감각기관이 하는 색色·성聲·향香·미味·촉觸이 전오식의 작용입니다.

그렇다면 여기에서 조금 더 이 점의 존재성을 확대해볼까요? 자, 대한민국 학교의 강의실에 세워진 칠판에 찍힌 점이라고 확대해 보면 어떤가요. 의식이 활짝 더 넓어지지 않나요?

그런데 활짝 더 넓어진 의식은 어디에 있나요? 이 부분에서부터 조금 어려워지기 시작합니다. 대한민국 학교의 강의실. 여기까지 말했을 때 여러분의 의식은 어떤 작용을 하나요? 가장 먼저 '대한민국 학교'라는 개념이 순식간에 머릿속에 그려지면서 그 개념이 정리될 것입니다. 바로 이 부분이 유식학에서 말하는 6식, 즉 의식意識의 부분입니다. 전오식全五識의 감각을 순식간에 조합해서 계산하는 단계가 바로 6식의 작용입니다. 이것을 에마뉘엘 칸트는 순수이성이라고 명명했지요. 칸트 철학의 획을 긋는 순간이었어요. 과연 철학이란 인간학입니다.

그렇다면 이 순수이성은 왜 이렇게 전오식을 조합하고 계산하는 걸까요? 판단하고 답을 내려서 행동하자는 것이겠지요. 바로 이 순수이성이 전오식을 조합하고 계산한 것을 가지고 판단하고 행동하게 하는 부분이 바로 7식입니다. 이 부분을 유식학에서는 말나식이라고 부릅니다. 칸트는 이를 실천이성이라고 이름 붙였지요. 철학에서 오르기 어려운 고지가 인식론이라는 산정인데 그 고지에 칸트는 깃발을 꽂은 것이지요. 그렇다면 여기까지가 인간의식의 전부인가요? 그렇지 않습니다.

사람들은 똑같은 상황에 부딪혀도 각각 다르게 행동합니다. 왜 그럴까요? 그것은 의식의 근거지가 각각 다르기 때문입니다.

의식의 근거지.

이 의식의 뿌리를 우리는 무의식이라고 부릅니다.

무의식의 구조를 살펴볼까요?

7식인 말나식의 근거지는 8식인데 이를 '아뢰야식'이라고 유식학에서는 부릅니다. 실제로 선禪 경지에 들어보면 모든 생각이 끊겼는데도 미세하게 흘러가는 기억의 잔재들을 만날 수 있습니다. 너무 미세하고 낯설어서 현실과는 거리가 먼 것들입니다. 이 부분을 칸트는 이름 붙이지 못하고 그저 막연하게 선험이라고만 얼버무렸지요. 긴가민가했던 것이겠죠. 역시 실질적 확인을 중요시하는 학자답습니다. 한계지요. 그들이 알고 있는 계산 가능한 인식능력으로는. 여기까지가 의식의 단계이고, 이성의 영역입니다.

이 8식인 아뢰야식이 작용을 하기 때문에 똑같은 상황에 부딪혀도 사람마다 각각 다르게 행동하게 됩니다. 즉 실천이성인 말나식의 근거지는 이 8식인 아뢰야식인 것이지요. 그렇다면 이

8식은 어떤 기억의 축적들일까요. 이곳에 그 사람이 살아온 흔적들이 담겨있는 것입니다. 그리고 그 흔적은 전생까지 뿌리를 두고 있습니다. 전생에 도道를 닦았던 사람은 어쩐지 무의식적으로 도와 친숙할 것이고 무예를 익혔던 사람은 어쩐지 무예에 친밀감을 느끼게 됩니다. 무의식이란 그런 것입니다. 이 무의식이 작용을 하기 때문에 사람마다 똑같은 상황에 부딪혀도 각자 다르게 행동하게 되는 것입니다. 인간이란 저마다 다른 개성이고 그 개성은 각각 다르게 살아온 흔적인 것이지요. 이 무의식은 미세하기도 하려니와 현실과는 거리가 먼, 낯선 기억의 풍경들로 흘러가기 때문에 우둔한 선객禪客들은 이 대목에서 혹, 근본 자리를 깨달은 것은 아닐까, 무슨 신비한 계시라도 받은 것은 아닐까, 하여 엉뚱한 짓을 저지르기도 합니다. 어리석은 망상꾼들이 일차로 걸려지는 관문이지요.

다시 정리해볼까요?

여기 대한민국 학교의 강의실에 세워진 칠판에 찍힌 점이 하나 있습니다. 여기까지 말했을 때 이 점 하나를 보고, 보는 사람 모두가 똑같이 인식할까요? 그렇지 않습니다. 똑같은 상황이지만 인식하는 것은 저마다 미세하게 다릅니다. 그것은 대한민국에 대한 개념과 학교의 개념이 사람마다 각각 다르기 때문입니다. 물론 전오식으로 확인하고 판단할 수 있는, 바로 이 강의실에 세워진 칠판에 찍힌 점의 사실성은 똑같다고 인정하더라도요. 그리고 그 다른 이유는 바로 개인마다 무의식이 다르기 때문입니다. 즉, 우리가 전오식으로 확인하는 것들을 6식인 순수이성이 계산하고 조합해서 7식인 실천이성이 판단해서 행동하게 하는데 그 근거지는 8식인 아뢰야식이라는 겁니다. 그리고 그 8식인 아뢰야식에는 전생까지를 포함해서 그 사람이 살아온 과거의 기억들이 축적돼 있는 것입니다. 여기 칠판에 찍힌 점 하나를 봐도 보는 사람마다 다르게 인식하는 까닭은 사람마다 각각 다르게 살아왔고, 그 기억들이 무의식에 모두 저장돼 있는 것입니다. 정말 잘 살아야 되겠지요. 현재의 나는 살아온 과거의 축적들이 발현되는 현상인 것이므로.

그렇다면 이 8식인 아뢰야식의 근거지는 또 어디일까요. 이 무의식도 어디에선가 비롯됐을 것인데 그 뿌리가 어디냐는 것입니다. 바로 이 부분이 과학과 철학으로 분석이 불가능한 영역입니다. 우리는 이 부분을 도道라는 영역으로, 또는 신성神性이라는 영역으로 남겨두고 있습니다.

그렇다면 우리의 인식력으로 이곳에 접근해볼까요.

자, 그렇다면 이곳에서 의식을 한 발자국 더 확대해 보기로 하지요.

우리는 이 한 점에서 출발해 대한민국 학교의 강의실에 놓인 칠판에 찍힌 점 하나로까지 의식을 확대해 보았습니다. 여기에서 한 발자국 더 나아가면 어떤 상황이 되는 것입니까?

우주의 대한민국, 학교의 강의실에 놓인 칠판에 찍힌 점 하나가 되겠지요. 그렇다면 이렇게 확대했을 때의 의식은 어디에 있습니까? 우선 우주라는 단어를 분석해야 하니까 먼저 우주라는 개념에 가 닿아있겠지요. 이 우주라는 개념. 이 우주라는 개념에 대한 해석이 모두들 어떠한가요?

처음에는 「스타워즈」나 「혹성탈출」 등의 영화에서 보았던 장면이나, 칼 세이건의 「코스모스」라는 책 등의 개념들이 뒤엉키며 마구 흘러갈 것입니다. 하지만 모두가 명확지는 않지요. 실제로 우주 밖으로 나가본 적이 없거든요. 의식을 확대할수록 사람마다 그 격차가 엄청나게 다르고 불분명해집니다.

우주에 대한 개념이 정확한 사람일지라도 그것을 대우주로 확대해 나가고 또 그 대우주가 속해있는 더 큰 우주로 확대하고…

그리하여 마침내는 '에라, 모르겠다!'라며 포기해 버리고 의식을 놓아 버리는 순간이 오고야 맙니다. 모르기 때문에 사념이 접힐 수밖에 없는 것.

이것이 바로 소위 선禪불교에서 말하는 화두라는 것입니다. 아무리 생각해도 도저히 풀리지 않는 문제에 집중하는 것. 이것이 바로 선禪이고 화두話頭입니다.

계산하고 조합해서 판단하는 그 근거지까지 골똘히 집중해 들어가면 마침내는 아무것도 알 수 없는 영역이 나옵니다. 바로 이곳입니다. 마침내 생각이 끊어져 버린 자리입니다. 생각이 끊어지면 뭐가 남습니까? 바로 의식만 남습니다.

이곳에 집중하다 보면 마침내 무릎을 '탁!' 치는 순간이 반드시 오고야 맙니다. 이 환하면서도 텅 빈, 일체의 사념이 끊긴 자리가 환히 드러나는데 이곳이 바로 생명의 근본 자리인 것입니다.

이곳이 바로 유식학에서 제9식이라고 부르는 암마라식입니다. 그러나 이곳에 가닿아 보면 9식이니 암마라식이니 하고 따지는 것조차 너무 시시하고 부질없습니다. 그렇다면 여기까지인가요? 그렇지 않습니다.

정작 중요한 것은 바로 이 대목이지요. 바로 이곳이 수많은 선객禪客들이 속아 넘어가고 나자빠지는 길목입니다. 백척간두에서 진일보하라는 것은 이 대목을 이르는 것이지요. 왜 그런가요? 드디어 근본을 알았다고 이곳에서 집중을 멈춰 버리면 가장 중요한 생명의 근본 자리를 놓치기 때문입니다. 반드시 이곳에서 한 걸음 더 나아가야지요.

정말, 도저히 풀리지 않는 곳에 다다라 마침내 암마라식에 이르면 눈도 멀고 귀도 먹어 버립니다. 일체의 감각기관을 벗어나 버린다는 뜻이지요. 그리고 그렇게 모든 것이 끊긴 그 집중의 절정에서 한 걸음 더 나아가면 어떻게 됩니까? 집중조차도, 의식조차도 사라지고 하늘과 내가 하나로 맞붙어 버리는 순간이 반드시 오고야 맙니다. 내외명철內外明哲 하는 순간이지요. 내 근본이 하늘에 있고, 그곳에서 내가 비롯됐다는 것이 확실히 깨달아지는 순간이지요. 여기까지입니다. 선禪과 모든 종교의 종착지는 이곳에 이르렀을 때, 예수는 자신이 하느님의 아들이라고 외쳤으며, 불가에서는 이 자리를 일러 부처라고 부르는 것이며 한민족 동학의 인내천人乃天 사상, 즉 사람이 하늘이라는 말의 근거지인 곳입니다.

그리고 그 종착지는 새로운 출발선이기도 하지요. 내가 왔던 곳을 분명히 알았으니, 그곳으로 되돌아가는 공부를 시작해야 하는 겁니다. 그리고 놀랍게도 그 방법은 하늘에서 이미 내려와 있습니다. 신비하고 놀랍지 않습니까?

이제 하늘의 운행을 실질적으로 하나하나 확인하고 개인의 자유의지를 보태어 하늘인으로 지상에서 살아가는 시대가 열린 것입니다.

자, 지금까지 우리는 칠판에 찍힌 한 점에서부터 출발해 가장 높고 넓은 우주의 공간까지 우리의 인식을 넓혀 보았습니다. 인간의 의식이란 정말 무한하지요? 이 무한한 우주를 담고 있는 것이 바로 인간의 인식력이고 위대성입니다.

사실 한 점에서부터 출발해 우주까지 영역을 확대시켜서 근본 자리까지 도달해 보았지만, 그 반대로 해 보아도 똑같은 결과를 만날 수 있습니다. 즉, 우주에서부터 출발해 마침내 한 점에까지 의식을 축소해 보아도 결과는 마찬가지입니다.

결국 그곳에서 우리는 생명의 근본 자리를 만나게 됩니다. 어디에서 출발해도 의식의 근본 자리를 깨달은 사람은 그 자리를 생생히 인식할 수 있다는 말이지요.

우리의 근본이 하늘에서 비롯됐다는 것은 너무 쉽게 알 수 있습니다. 견성이란 이런 것입니다. 인간을 움직이는 식識에 대해서 조금만 알 수 있다면 말이죠. 견성을 깨달음의 요체인 것처럼 인식하는 것은 잘못입니다. 쉽고 조금 정밀한 과정일 뿐이죠.

이제는 수련 과정을 통해 그것을 확인하는 일만 남아 있습니다. 그리고 그 방법 또한 너무 명확히 우리 곁에 내려와 있지 않습니까.

정말이지, 우리는 참으로 행복한 시대에 살고 있습니다.

4. 태극 만들기

· 돔을 만든다.

· 백회와 회음을 막고 단전을 최대한 부풀린다.

· 백회와 회음을 채울 만큼 단전이 커다란 공이 되었을 때 백회를 열어 양의 기운을 받는다.

· 양의 기운이 백회로 들어와 회음까지 가득 찼을 때 백회를 막고 나의 기운과 섞는다.

· 가득 채운 양 기운의 공간을 줄여 나간다.

· 탁구공처럼 작아졌을 때 단전에 갈무리한다.

· 양의 기운으로 대맥과 소주천, 대주천, 전신주천을 운기한 뒤 다시갈무리한다.

· 백회와 회음을 막고 다시 단전을 부풀린다.

· 회음을 열어 음의 기운을 받는다.

· 회음을 통해 들어온 음의 기운은 이미 가득 차 있는 양의 기운과 뒤섞인다.

· 회음을 막는다.

· 부풀어 오른 음양의 기운과 내 기운을 섞는다.

· 회음과 백회 사이에 공처럼 부풀어 오른 음양의 공간을 줄여 나간다.

· 음양의 기운은 태극의 모습으로 바뀌며 점차 탁구공만큼 작아졌을 때 단전에 갈무리한다.

· 태극으로 대맥, 소주천, 전신주천을 운기한 뒤 단전에 갈무리한다.

· 백회와 회음을 막고 단전을 부풀려 단전 안의 태극이 중단전에 얹히면 적당한 크기로 조절한다. 조절은 백회와 회음으로 한다.

· 백회와 회음을 열어 호흡하면 태극이 맹렬한 속도로 회전하기 시작한다.

· 태극을 내가 보내고 싶은 곳으로 자유자재로 보내는 연습을 한다.

5. 태극수련

· 중단전으로 태극을 불러온다.

· 백회와 회음으로 호흡하면서 태극이 자신의 주먹만 한 크기로 중단전에 와 있음을 확인한다.

· 태극호흡으로 기경팔맥이 이미 운기됨을 확인하고 태극의 중앙을 주시한다.

· 태극의 중앙에 빛의 형태를 확인하면서 백회와 회음의 의식과 호흡을 강화한다.

· 태극의 중앙에 자신의 엄지손가락만 한 크기로 와 있는 양신을 확인한다. 구겨져 있는 빛의 모습 등으로, 처음엔 주로 상체만 보인다.

· 집중해서 바라보며 태극호흡을 강화하면 양신이 점차 뚜렷해진다.

· 모양과 빛이 선명하고 뚜렷해지면 하늘빛과 자신의 빛이 하나가 된다. 도광영력과 양신이 일치가 된다.

· 의식을 사용해 자신이 원하는 도계로 이동한다.

[양신을 보는 법]

❶ 태극을 불러와 태극 안에 양신을 만든다.

❷ 양신이 빛으로 제 모습을 갖췄다고 느껴질 때까지 태극호흡을 한다.

❸ 태극 안에 양신이 느껴지면 의식을 중단전 바로 위, 천돌·선기·화개 부분까지 내린다. 그곳에서 주먹 하나쯤 앞으로 의식을 띄워 바라보면 양신이 뚜렷이 보인다.

*** 자신만의 의식 변속법을 익혀라.**

생각을 지워야 의식이 밝고 명료해진다. 무심해야 통찰력이 생긴다. 통찰이란 전체가 돼 바라보는 것이다. 의식을 머리에 두면 생각이 일어나고 가슴에 두면 느낌이 일어나고 단전에 두면 의식이 캄캄해진다.

우선 몸을 이완시켜라. 이완되지 않으면 몸이 사라지지 않고 몸이 사라지지 않으면 의식 자체가 되지 않는다. 이완되지 않으면 통찰이 되지 않는다. 통찰되지 않으면 의식의 눈이 떠지지 않는다.

1. 의식을 확대해 현재 장소에 앉아있는 자신의 모습을 바라본다.
2. 의식의 확대·축소를 반복해 의식의 시점視點을 다양화한다.
3. 의식을 조절해 시점의 강·약·완·급 조절을 터득한다.
4. 자신의 몸에서 의식의 눈이 가장 예민한 곳을 찾아내라. 대부분 중단전 부근일 경우가 많다.
5. 생각과 상상은 허상이다.

6. 그림자 수련

· 단전으로 돔을 만든다.

· 돔 안에서 단전을 부풀려 태극을 중단전으로 불러온다. 태극수련을 한다.

· 하단전으로 태극을 내린다.

· 하단전에서 대맥, 소주천, 대주천, 전신주천을 운기한다.

· 전신주천을 마치면 중단전으로 태극을 불러와 태극을 운기한다.

· 태극이 빛의 속도로 회전하면 내 앞에 음의 그림자를 세운다. 태극이 빛의 속도로 돌아야 가능하다.

· 그림자에게 태극의 기운을 보낸다.

· 그림자는 태극의 기운을 받아 운기한 뒤 몇 배의 기운을 배가해 내게 되돌려 준다.

· 양의 모습인 나와 음의 모습인 그림자가 서로 태극의 기운을 주고받으며 수련한다.

· 중단전에서 회전하는 태극을 들여다보면 현재의 내 모습으로바뀌어 있다.

· 양의 모습으로 수련을 하다 태극이 빛이 되면 형체가 사라지고우주 공간이 드러난다.

· 우주에서 음양이 합일된 상태로 수련하다 보면 내 앞쪽 좌에서부터 우로 원신들이 나와 함께 수련하고 있는 모습이 보인다.

· 원신들을 좌에서부터 우로 하나하나 포개어 하나로 만들고 그 위에 현재 음양이 합일된 내 모습으로 앉아 수련을 한다.

7. 3혼魂수련

우리 몸과 마음은 1영靈, 3혼魂, 7백魄으로 구성돼 있다.

3개의 혼魂을 각각 불러와 1혼은 좌대맥을 운기한다. 2혼은 소주천을 운기한다. 3혼은 우대맥을 반대쪽으로 운기한다. 이렇게 의식을 분산해서 운기하면 기운이 강해진다. 이 기운들을 한꺼번에 거둬들여 자신의 목표대로 운기하기를 반복한다.

8. 태극과 채약과 의식의 결합- 태약太藥수련

체내수련

태극을 불러서 태극을 뚜렷이 확인한 뒤, 의식을 확대해 앉아서 수련하고 있는 내 모습을 바라본다. 빛인 의식을 인식한 뒤 옥당으로 의식을 모은다. 옥당의 의식이 몸의 내부를 통해 태극을 바라본 뒤 태극과 의식을 하나로 일치시킨다.

태극의 힘으로 천냉수를 끌어와 채약을 만든 뒤 태극과 채약과 의식과 채약을 하나로 모은 태약을 만든다.

의식을 통해 태약을 호흡하면서 대맥을 운기한다. 이때 태약 호흡은 의식의 명령을 통해 한다. 백회와 회음으로 호흡하면서 그대로 의식을 통해 태약에 전달하는 것이다.

운기 내내 태약의 모습을 의식의 눈으로 선명하게 확인한다.

좌대맥과 명문 우대맥 등에서 멈추고 태약의 모습을 더욱 강화시킨다.

대맥을 강하고 빠르게 운기시켜 그 빛의 띠를 확인한다.

태약을 회음으로 내려서 소주천을 운기한다. 태약을 통해 꼬리뼈부터 척추를 바라본다. 명문과 대추에서 멈추고 태약을 강화한다. 대추에서 의식의 눈으로 척추의 모습이 바라보이는지 확인한다.

백회로 태약을 끌어올려 태약을 확인한다. 태극의 빛을 뚫고 바라보면 태약의 본체는 콩알 크기만 하다.

백회에서 태약을 운기시켜 옥당으로 내린다. 백회와 회음으로 호흡을 해 중단전의 태약을 강화시킨다. 강화된 태약을 확인한다. 단전으로 내린다.

중단전으로 태약을 불러온다. 중단전에서 태약을 나눠 양다리를 통해, 양팔을 통해 노궁, 옥당에서 백회로 가는 통로를 통해 태약을 확인한다. 열감이나 느낌이 아닌 의식의 눈으로 직접 확인한다. 태약으로 대주천을 운기하면 몸이 사라지고 의식만 남아 천지와 하나됨을 느낀다.

다시 중부로 태약을 불러와 전신주천을 운기한다.

전신주천이 끝나면 온몸이 빛으로 뒤덮이고 내 몸은 사라진 채 의식만 남는다.

빛을 강화시키기 위해 기화신을 운기한다.

체외수련

태약을 불러서 손끝에 얹는다. 태약을 근처의 식물이나 자연, 달, 별, 동물 등에게 쏘아 보낸다.

익숙해지면 상대편의 몸 안에 쏘아보낸다.

상대편의 기경팔맥 중 막힌 곳을 확인하고 기운을 풀어 준다.

요추·흉추·경추 등에 쏘아보내 휜 곳이나 막힌 곳을 확인한다. 풀어주거나 바로잡는다.

환부에 쏘아보내고 기운을 살핀다.

치료법을 익힌다.

9. 12천에서 15천까지

12천

인간의 의지가 닿을 수 있는 마지막 도계다. 아주 작은 공간으로 13천 치유의 공간과 연결고리의 공간이다.

13천

치유의 공간이다.

14천/계명천

새로운 창조를 준비하는 곳이다. 새로운 도계를 창조할 수 있으며 과거 미래 어떤 공간도 왕래할 수 있다.

15천

후천 완성천계 15천은 절반 정도 완성돼 있다. 우주에서 가장 빛이 강한 곳이다. 후천의 모든 것이 수렴돼 후창세를 준비하는 곳이다. 중간지점을 뛰어넘으면 다시 지상으로 내려와 버린다.

*